KB058032

인생은 애매해도

빵은 맛있으니까

사랑하는것을

찾으세요

Rakiniyn

일러두기

본문의 외래어 표기법은 국립국어원의 어문 규범을 우선했지만 상호명과 빵 이름
은 통상적으로 쓰는 단어를 그대로 사용하였습니다.

당신에게 건네는 달콤한 위로 한 조각

인생은
애매해도
빵은
맛있으니까

라비니야 글·그림

애플북스

빵을 먹습니다, 행복해지고 싶어서

덮쳐오는 우울감과 무기력에 침잠하는 나를 방치하거나 채찍질하는 대신 상념에서 벗어날 수 있는 단순한 일을 한다. 책을 읽으며 마음에 와 닿는 글귀를 옮겨 적거나 집 근처 공원을 뛰며 바튼 숨을 몰아쉬기도 한다. 내가 매일 수행하는 중요한 행복 찾기에는 '빵집' 가는 것을 꼽을 수 있다. 유전학적으로 빵순이의 DNA라는 게 있는지 모르겠지만, 난 밥보다 빵을 좋아할 만큼 삶에서 빵의 가치 비중을 크게 두고 있다.

20대 초반, 다이어트의 스트레스 속에서 오히려 빵의 매력에 빠져 버린 뒤로 맛있는 빵집을 찾아 이곳저곳을 누볐다. 장거리의 여행지로 마음먹고 떠나는 건 환경적 제약으로 어렵지만 맛있는 빵집을 가기 위해 한두 시간 정도의 거리는 불평 없이 떠났다. 좋아하는 대상을 얻기 위해서는 응당 그

만한 노고를 할 가치가 있음을 알고 있어서다. 누군가는 고작 빵 하나 먹자고 먼 길을 떠나는 나를 이해하지 못하지만 그렇다고 타인에게 힘써 설득할 이유는 없다.

볕 좋은 창가에서 맛있는 홍차와 먹는 갓 구운 빵의 맛을 아는 사람이라면 결코 빵집을 향한 여정을 유치하거나 우스운 행위라고 말하지 못할 것이다. 장인 정신으로 정성스레 만들어진 훌륭한 빵 맛을 찾아다니는 건 일상의 활력이 되었다.

빵은 반죽부터 발효 과정, 굽는 온도 등 신경 써야 하는 요소가 많은 까다로운 요리다. 나는 반죽이 발효되고, 구워지며 겪는 다채로운 빵의 변주를 관찰하고, 그 과정의 노고를 되짚으며 빵을 먹는 일이 즐겁다. 마치 도자기를 구워 내듯 정성스럽게 구워 꺼냈을 때 풍기는 담백하고 고소한 향과 적갈색의 맛있는 빛깔은 고민도 망각하게 할 정도로 대단한 힘을 지녔다. 맛있는 빵을 우물거리며 빵을 떠올리는 나는 종종 내 자신이 한 덩이의 빵이라고 여겨질 때가 있다. 그렇다면 나는 빵이 되기 위해 어떤 시기를 지나고 있는지에 대해 고민한다.

난 지금 숙성이나 발효를 거치는 중이거나, 맛있게 구워지는 과도기에 놓여 있을지도 모르겠다. 그 과정에서 나를 가장 나답게 만드는 맛을 갖춘 훌륭한 빵으로 탄생하기 위해 정성을 들이고 있다.

그러한 노력을 토대로 빵에서 얻은 여러 영감을 모아 책으로 만들었다. 빵을 좋아하는 어떤 이의 소소한 삶의 활력과 구체적인 행복을 이뤄 가는 일상의 한 단면을 보여 주고 싶었다. 나는 당장 영위할 수 있는 실질적인 행복이 중요한 사람이다. 내게 위로를 건네고 우울감을 방류할 수 있도록 만드는 것이 빵이었기에 그에 대해 이야기한 것이다. 내가 와인을 좋아하거나 해물을 좋아했더라면 이 책의 주제는 '빵'이 아닌 '와인'이나 '회'가 됐을 수도 있다.

행복감을 느끼는 순간이 언제냐는 질문을 들었을 때 자신만의 구체적인 이야기할 수 있는 사람이 '행복'에 가까운 삶을 사는 사람들일 것이라고 확신한다.

자신의 삶을 긍정하게 만들거나 활력을 주는 구체적인 대상과 행위를 만들어 두는 건, 마음을 돌보는 지혜로운 방법이다. 나의 감정을 잘 보듬어 가기 위해서는 먼저 내 안에서 걸어 나와 주변을 둘러보고 생기를 건넬 수 있는 만족스러운 일들을 시도해 보는 게 중요하다.

우울할 때 내게 '빵'은 위로와 즐거움이 되었다. 이 글을 읽는 이들도 자신의 취향과 관심에 맞춰 난 이게 있으면 그래도 힘이 난다고 말할 수 있는 것들을 소중한 보물처럼 하나씩 지녔으면 좋겠다. 나의 이야기를 하나씩 추려서 맛있게 반죽하고 만들어 낸 이 책이 어떤 이의 마음에 쏙 드는 훌륭한 맛이기를 바란다.

목차

1장 빵의 위로

2장 빵은 알고 있다

3장 마들렌 정도의 달콤함

4장 숙성되는 중입니다

마카롱 한입, 휘낭시에 한 조각.
이 정도의 달콤함이 주는
행복에 마음의 여유가 생긴다.
차 한 모금과 함께라면 딱 좋은 기분.
오늘의 내 기분과 상태를 행복과 맑음으로
만들 수 있는 건 바로 나 자신.
그러므로 내 기분을 선택할 기회를
외부에 허용하지 않고 바로 지금 여기에서
마들렌처럼 달콤한 기분을 만끽하자.

고르지 않은
빵에 대한 미련

좋아하는 빵집에 들어서면 갓 구운 빵 냄새에 매료된다. 취향에 맞는 향을 배합해서 맞춤 향수를 만드는 공방에 간다면 향긋한 빵 냄새를 향수로 제조해 달라고 청하고 싶다.

쟁반 위에 얇은 유산지를 깔고 집게를 들어 올린 뒤 이곳저곳을 둘러본다. 제일 기다려 왔던 시간인 만큼 신중하게 선택하려 한다. 밀도감이 높아 묵직한 스콘, 바삭한 러스크, 부드러운 식빵, 버터의 풍미가 짙은 크로와상. 눈을 돌리는 곳마다 군침이 도는 빵들이 즐비하다.

눈을 빛내며 기웃거리던 것도 잠시, 고민이 시작된다. 먹고 싶은 빵은 왜 이리 많은 건지. 결국 빈 공간을 용납할 수 없는 사람처럼 트레이를 빵으로 그득하게 채운 뒤 비장하게 계산을 하고 나왔다.

　빵 하나를 고를 때도 지나치게 신중해지고 만다. 그까짓 빵 하나 고르는 게 뭐가 대수라고, 친구의 채근에도 트레이를 놓지 못하는 건 매사에 신중한 성향 탓이다. 3,000원짜리 스콘 하나를 시더라도 실패한 맛을 경험하고 싶지 않다는 생각이 선택을 주저하게 만든다.

　어떤 것을 선택한다는 건 다른 경우의 수를 포기하는 것을 의미한다. 지금 선택하는 게 그 정도의 값어치가 있을지 수차례 저울질을 했다. 안정적인 선택을 추구하다 보니 새로운 경험에 대한 경계심과 두려움이 컸다. 새로운 빵이 출시되더라도 호기심에 무심코 집어드는 경우는 거의 없었다.

　점심때도 늘 먹던 크랜베리 치킨 샌드위치나 단호박 샌드위치를 골라야 안심이 됐다. 그 옆에 새로 나온 크래미 샌드위치가 맛있어 보인다 한들 손이 가지 않았다.

　비단 빵을 고를 때만 조심스러운 게 아니다. 여행지, 음식점을 찾을 때도 즉흥적으로 선택한 적이 없다. 최대한 효율적으로 사람들이 자주 방문한 명소를 충실하게 따랐다. 감정에 이끌려 선택하면, 실패가 따를 거라는 불안이 있었다. 그래서 간판이 예쁘다거나, 가게 분위기가 좋아 보여서 방문해 본 적은 없다. 가게에 들어가기 전엔 후기 글에서 별점을 확인했다.

사소한 경험이라도 검증받은 곳이 아니면 도전이 꺼려졌다. 함께 점심을 먹기로 했던 친구와 식당을 고를 때, 별점이 유독 낮은 식당을 지나친 적이 있다. 동행한 친구는 지친 기색을 보이며 아무 곳이나 들어가자고 말했으나 나는 조금만 더 찾아보자며 골목을 두리번거렸다.

외부의 긍정적 평가로 검증된 것을 택하겠다는 건 선택 자체에 대한 공포를 회피하고 싶어서였다. 결과를 책임질 자신이 없어 선택을 해야 하는 상황에서 도망쳤다. 그러다 보니 선택의 기준을 타인의 판단에 의존했다.

이럴 땐, 실패에 집중하기보다 새로운 경험을 시도하는 것에 의의를 두는 편이 선택의 피로와 공포를 덜어 내는 데 도움이 된다. 사람들이 좋다고 하는 게 100퍼센트 만족도를 채워 주는 답안이 되지 않으며 새로운 시도를 통해 생각하지 못한 의외의 맛을 경험할 가능성도 있다. 선택의 기로에서 주저할 땐 좀 더 모험을 해봐도 된다고 자신을 독려한다.

오늘 맛없는 스콘을 먹을까 봐 아무것도 먹지 못하는 것보다 그 순간 먹고 싶은 걸 가볍게 택해 보는 것부터 시작하면 된다.

이젠 빵집에 가면 부담 없이 빵을 집어 든다. 사소한 것부터 내 욕망에 충실해 본다. 본래 계획대로라면 식빵을 사는 게 목적이었더라도, 빵 굽는 냄새에 취하면 즉흥적으로 다른 종류의 빵을 집기도 한다. 어느새 내 손에 들린 건 새로운 종류의 빵일 때가 많아졌다.

덜 조심하면서 살자.

《일하는 마음》에서 제현주 작가는 새해 결심을 이렇게 말했다. 조심하며 살다가는 원하는 만큼 멀리 갈 수 없다는 저자의 말처럼 선택에 대한 부담을 피해 누군가의 결과를 답습하는 게 좋은 방법이라고 과신하지 않으려 한다. 공연히 벌어지지도 않은 결과를 미리 겁내고, 시행착오를 겪지 않겠다는 강박에 조바심 내지 말아야겠다.

여전히 새로운 것을 택해야 할 때 최악의 상황을 먼저 떠올리는 나지만, 그 두려움에서 점차 자유로워지려 한다.

내 인생의 테이블에 놓일 빵은 맛있을 거라는 느긋한 마음으로 살고 싶다. 하루가 지나 말라 버린 바게트 빵을 먹는 운 없는 날도 있겠지만, 그 선택에 속상해할 것 없다. 앞으로 먹을 빵과 내게 주어진 일상은 더욱 맛있고 달콤할 테니까.

식빵 사러 가는 길, 지쳐 있는 곰돌이와 달리 여전히 쌩쌩한 나.

빵집에 가서도 정작 사려는 빵이 아닌
화려한 빵들의 유혹에 푹 빠지고 만다.

식빵까지 사고 난 뒤 비로소 행복해졌다.
트레이에 담지 못한 다른 빵들도
다음에 먹겠다고 생각하며 행복 만끽 중.

공허한 마음엔
밀가루(feat. 떡볶이)

삶의 모서리에 마음을 다쳤을 땐 허기가 진다. 공허한 마음을 채울 방도가 없을 땐 음식으로 배를 채우곤 했다. 실연의 아픔에 배달음식을 잔뜩 시켜 먹던 〈식샤를 합시다〉의 주인공 백수지처럼.

수지는 이별 후 여러 음식을 입속에 욱여넣었다. 기계적으로 음식을 몸속에 채워 넣는 주인공은 서럽게 울거나 이별의 슬픔을 토로하지 않는다. 그런데도 이 장면이 기억에 남는 건 텅 빈 공허를 채울 방도가 없어 음식을 밀어 넣는 주인공이 가엾고 애잔해 보인 탓이었다.

마음의 통각이 발달했을 땐 날선 마음을 잠재우기가 어렵다. 그럴 땐 가시를 세우고 열심히 무언가를 뱃속에 채워 넣었다. 텅 빈 마음을 메울 방법이 없어 음식이라도 먹어야 직성이 풀리는 경험을 나도 겪어 본 적이 있다.(음식을 먹는다고 마음의 여백이 채워지진 않는다. 순간의 스트레스를 이겨 내지 못해 뭐라도 먹는다는 말이 더 옳다.)

실연당한 여주인공이 양푼 비빔밥을 입안에 욱여넣는 장면이 드라마의 흔한 클리셰로 사용되는 건 음식으로 감정의 빈곤을 채워 본 경험이 누구나 한번쯤 있기 때문이 아닐까. 그릇을 비우고 나면 뒤따라오는 기분 나쁜 포만감은 후회를 불러올 것이 빤했다. 필시 체중계에 올라서서 자괴감을 느낄 걸 알면서도 비빔밥을 쉴 새 없이 입으로 가져가며 서러워지고 만다.

무언가를 끊임없이 입속으로 넣고 싶은 건 빈 가슴을 채우고 싶다는 신호 같은 거다. 엉뚱하게 우린 마음이 아닌 몸속에 음식을 욱여넣는 방식으로 아픔을 치환해 버리지만.

난 기분이 우울할 땐 빵을 먹어야 직성이 풀렸다. 취직이 어려웠을 때, 당장 월세 낼 돈이 없거나 마음이 불안할 때, 곁에서 위로해 줄 이는 없더라도 맛있는 빵은 가까이 두었다.

서울 상경을 꿈꾸며 입사 면접을 보러 다녔을 때도 고향으로 내려가기 전엔 반드시 맛있는 빵집에 들렀다. 미온적인 면접관의 얼굴을 떠올리며 불합격을 예견하는 날에도 발걸음이 빵집으로 옮겨졌다. 서울까지의 왕복 버스비가 아깝지 않도록 맛있는 빵을 먹으며 자신을 위로했다. 떨어질 땐 떨어지더라도 이대로 고향에 내려가는 게 억울해서 가방에 맛있는 빵이라도 가득 채운 뒤 버스에 타야 속이 편했다.

당시엔 면접을 보러 가는 게 아니라 새로운 빵집을 찾으러 가는 것이라고 여기며 마음을 비웠다. 불합격 문자에도 의연할 수 있는 건 나만의 합리화 방법 덕분이었다.

맛있는 빵 먹었으면 됐지, 서울 구경하고 왔으니까 괜찮아, 다음 번에 면접 보러 가는 곳 근처에 맛있는 빵집이 있으면 좋겠다.

정신 승리로 보일지 몰라도 이 방법은 면접에 대한 부담감을 덜고, 거듭되는 불합격에도 좌절감에 빠지지 않도록 도움을 주었다.

빵이 나를 위로해 줄 때도 있지만 타인과 갈등을 빚을 때는 매콤한 게 당겼다. 특히 연인과 갈등이 생겼을 땐 꼭 생각나는 메뉴가 있었다.

"말 좀 해봐."

그가 내게 채근하듯 대답을 요구하면 난 굳게 입을 다물고 침묵을 유지했다. 상대를 설득할 만큼 언변이 좋지 못했을 뿐더러 해명한다고 상황이 나아지지 않을 거라는 확신이 마음과 입에 걸쇠를 걸었다. 잘잘못을 따지며 화를 내는 상대의 면전에 할 말은 아니지만 나는 속으로 생각하고 있었다.

'빨리 해결책이 없는 이 지루한 대화를 끝내고
떡볶이를 먹고 싶다.'

이상했다.

이유는 모르지만, 화가 나거나 울적할 땐 매운 떡볶이가 먹고 싶었다. 매콤한 양념에 오래도록 끓인 떡볶이를 떠올리면 울적한 기분에서 도피할 수 있었다. 때마침 집 근처에 맛있는 떡볶이 가게가 있어서 그곳으로 달려갔다.

떡볶이가 먹고 싶다는 건, 울적한 감정을 매운 양념으로 치덕치덕 메우고 싶다는 뜻인지도 모르겠다. 심각한 표정으로 잠깐 바람 쐬고 온다며 말하곤 달려가는 게 적막한 공원이 아닌 떡볶이 가게인 건 우습긴 하다. 상대는 내가 우리의 관계나 문제에 대해 자못 심각한 고민을 하고 있을 거라 예상하겠지만, 그 시간 난 떡볶이를 열심히 입으로 가져가고 있었다.

떡볶이에 김밥까지 야무지게 먹고 나면 포만감에 기분이 나아진다. 일관되게 단순한 나는 맛있는 음식을 먹으면서 기분 전환을 한다. 마음이 불안할 때는 따끈한 빵을 먹고, 마음이 답답할 때는 떡볶이를 찾게 되는 건 내 몸이 스트레스에서 벗어나기 위한 본능적인 생존 반응이었다.

직면한 문제가 고작 떡볶이 한입에 해결될 리 없다는 건 알지만 숨 막히는 가슴을 매운 양념으로 뚫어 버리고 싶었다. 실연의 아픔과 상처, 갈등이 있을 땐 날 괴롭게 하는 상대보다 뱃속을 든든하게 채워 주는 떡볶이가 훨씬 이롭다. 타인이나 세상의 모서리에 상처 입었을 때는 한입거리 떡볶이와 갓 구운 빵이 위로가 된다.

그 한입이 지금의 기분을 좀 더 나은 방향으로 이끌거나, 답답한 상황에서 한 걸음 물러서 자신을 관조하듯 보게 만든다. 빵과 떡볶이는 마음에 휴식을 제공하는 이로운 음식이다.

잠깐 밥은 먹고 슬퍼하자고, 기력이 있어야 대화를 하든 치열하게 싸우든 할 수 있다고, 자신에게 어르듯 말하며 떡볶이를 우물거렸다.

떡볶이 한입 베어 물고 우리의 관계가 어디서부터 꼬였나 되짚어 보고, 김밥 하나를 먹은 뒤엔 그가 원하는 답이 무엇인지 생각해 본 뒤, 어묵 국물 한 수저를 떠먹으며 우리 사이에 타협점이 있나 되돌아본다. 그와 마주 보고 있을 땐 복잡하고 숨이 막히기만 했는데 떡볶이 한 그릇에 답이 떠오를 때도 있다. 그릇을 비우고 난 뒤에는 휴대폰 카메라로 입가를 확인했다. 다시 그를 만날 때 입가에 고추장 양념이 묻어 있으면 나의 떡볶이 타임을 들키고 말 테니까. 완벽하게 떡볶이의 흔적을 은닉한다.

다시 투지를 불태우며 자리에서 일어났다. 이 정도 먹는 건 괜찮아, 나를 다독이며 가게를 나선다. 미친 듯한 포만감에 배가 터질 것 같은 느낌이 아니라 살짝 아쉽다 싶을 만큼 먹은 정도라 기분이 좋았다. 다시 우리의 문제를 해결하고 갈등의 타협점을 찾을 기력이 생겼다.

마음의 여유를 되찾은 나는 탄수화물(떡볶이와 빵 모두)의 위대함을 새삼 실감한다. 제어하지 못한 식욕에 휩쓸려 폭식이나 과식을 할 땐 회의감이 짙어지지만 적당한 포만감은 공허함에 위안을 건넨다.

적어도 그 순간만큼은 마냥 따뜻하고 달콤하고 알싸한 위로가 필요할 때가 있지 않던가, 누구에게나.

취업으로 고민하던 때엔 군것질거리를 손에서 놓지 못했다.
특히 빵을 많이 먹었다.

면접을 보러 서울에 가면 이상한 보상 심리가 작동하여
면접 본 회사 근처의 맛있는 빵집을 찾아갔다.
서울까지 왔는데, 이대로 가는 게 억울한 기분이었다.

물론 먹고 난 뒤에는 어김없이 공허감이 밀려왔다.

우울할 때 달콤한 빵을 먹는다면
스트레스를 받을 땐 매콤한 떡볶이를 먹었다.
울적한 기분에 밀가루는 늘 기쁨과 위로가 되어 주었다.

기억으로
먹는 빵

"오늘은 말라비틀어진 제육볶음 먹고 싶다."

점심시간이 가까워오자 찌뿌둥한 몸을 이리저리 비틀던 팀장님이 자리에서 일어나며 말했다. 자고로 제육볶음이라 하면 양념이 잘 배어 촉촉하고 매콤한 맛이 어우러져야 하는 음식이 아니던가.

그런데 왜 하필 실온에 오래 두어서 양념이 건조해진 제육볶음이 먹고 싶다고 한 걸까. 머릿속에 궁금증이 일어났을 때 직원 중 한 사람이 동조하며 고개를 끄덕였다.

"아, 양념에 오래 재워뒀다가 구워서 고기 자체의 씹는 맛은 없고, 대량으로 볶아서 부드러운 맛이 없는 그 제육볶음이요? 급식실에서 배급받던 그 보급형 제육볶음!"

팀장님의 제육볶음 취향을 알아주는 세심한 미각의 소유자가 있다는 것에 놀라며 그 맛을 상상해 보았다.

아, 그 맛!

기억 속을 헤집자 익숙한 맛이 그려졌다.

학교를 졸업하고 급식소 표 제육볶음과 멀어진 지 오래였지만 머릿속에 떠올리자 입에서 그 맛이 맴도는 듯했다. 점심 종소리에 친구들과 급식실로 향하던 때의 가벼운 발걸음, 배식판을 들고 줄지어 서서 메뉴에 대해 총평하던 그 시절. 그때의 제육볶음은 내가 좋아하는 맛은 아니었다. 난 미리 고기를 구워 바싹함을 살린 뒤 양념을 넣고 볶는 방식을 좋아했으나, 학교에서 나오던 제육볶음은 양념에 장시간 재워둔 것이었다. 식감이나 고기 자체의 맛은 떨어지고, 자작하게 졸인 양념 맛으로 먹던 음식이다. 음식 자체가 맛있다기보다는, 친구들과 오순도순 모여 먹던 추억이 담겨 있다.

왜 하필 그 제육볶음이 먹고 싶다고 하셨는지 혼자 고심하고 있을 때, 제육볶음에 대해 공감대를 형성한 두 사람은 사이좋게 말라비틀어진 제육볶음을 먹으러 나갔다. 점심이 끝난 뒤 내가 물었다.

"제육볶음 맛있었어요?"

팀장님은 대답했다.

"그건 맛있어서 먹는 게 아니야, 기억으로 먹는 음식인 거지. 그 공간이 주는 분위기와 추억으로 먹는 음식 있잖아, 그 제육볶음이 딱 그런 맛이야."

엉뚱했지만 어렴풋이 그 말을 헤아릴 수 있을 것 같았다. 맛으로 먹는 음식도 있지만, 기억 속에서 잊히지 않고 생각나는 맛이 누구나 있는 법이다.

음식 맛은 값비싼 식재료나 훌륭한 요리 실력과 반드시 비례하지 않는다. 어떤 환경과 분위기에서 먹느냐에 따라서 같은 음식도 다른 맛으로 느껴진다. 특히 공간이 주는 정서가 맛을 배가시키는 경우를 꼽자면 소풍 날 엄마가 싸 준 김밥을 들 수 있다.

고소한 참기름을 바른 김에 얇게 펴 바른 밥, 적당히 기름 두른 팬에 익힌 당근과 햄, 달걀 등을 넣고 싸서 먹기 좋은 두께로 썰어 둔 김밥은 가방을 챙기기 전 한두 개씩 집어 먹을 때 가장 맛있었다. 그날의 소풍이 얼마나 즐거울지 생각하며 간식과 얼린 보리차를 챙기고, 밴드로 단단하게 고정한 2단 도시락을 가방 제일 위에 넣었다. 평소보다 가방은 무겁지만 좋아하는 간식과 김밥을 떠올리면 조금도 짐스럽지 않았다.

이삿날 먹는 짜장면과 탕수육도 빼놓을 수 없다. 짐 정리가 되지 않은 공간에서 신문지를 대충 깔고 그 위에 앉아 짜장면과 탕수육을 먹었다. 이삿짐을 풀고 정리하느라 몸은 이미 천근만근. 출출하고 기력이 쇠할 때 먹는 짜장면은 면이 불거나 짜장 소스가 면과 따로 놀더라도 불평하지 않는다. 허기질 때는 뭘 먹어도 맛있는 법이라 짜장면이 술술 들어갔다. 중간에 건조하게 마른 탕수육을 양념에 푹 찍어 먹으며 앞으로 정리해야 할 태산 같은 짐을 휘이 둘러보았다. 막막한 심정이지만, 새로운 곳에서 새 출발을 한다는 생각에 설렘도 있었다. 공간을 가꾸고, 꾸며 나간다는 건 즐거운 일이다. 새 집에 내 손때가 묻을 생각에 가슴이 뻐근해졌다.

이삿날 먹었던 짜장면의 맛을 떠올리자 입가에 침이 고였다. 하지만 그 때 먹었던 짜장면을 다시 먹는다 해도 동일한 맛을 느끼진 못할 것이다. 그건 시간, 공간, 분위기, 내 컨디션 그리고 음식이 한데 뒤섞여 만들어낸 종합적인 맛이었다.

빼놓을 수 없는 그리운 맛이 하나 더 있다. 추억 속 소울 간식을 꼽는다면 가장 먼저 엄마의 핫케이크가 떠오른다. 카페에서 파는 핫케이크는 얇고 적당한 크기로 구워 탑처럼 쌓아 올린 뒤 아기자기한 과일과 휘핑크림까지 곁들인 근사한 브런치지만, 내가 처음 접한 핫케이크는 달랐다. 엄마가 어렸을 때 간식으로 만들어 주던 핫케이크의 모양과 맛은 넓적한 옥수수빵에 가까웠다. 시판 핫케이크 가루를 쓰는 건 동일한데, 우유를 좀 더 넣어서 되직한 반죽을 프라이팬 가득 부어 구워 냈다. 크고 두껍게 구운 핫케이크를 먹기 좋은 크기로 잘라 먹었다. 메이플 시럽도 없이 먹었는데, 수분기가 적고 담백했다. 엄마가 만들어 주던 핫케이크만 봐 왔던 나는 전문 브런치 가게의 핫케이크를 처음 접했을 때 꽤나 놀랐다.

핫케이크가 이렇게 촉촉하고 부드러운 맛이었다니.

실제 핫케이크보다 훨씬 크고 두꺼운 엄마의 핫케이크는 한입 베어 물면 층층이 쌓인 공기층 때문에 술빵과 맛이 비슷했다. 카스텔라보다 수분감이 적고, 밀도는 높으며, 은근한 달콤함이 배어 있어 흰 우유와 어울렸다. 콜라파였던 나조차 핫케이크를 먹을 때만큼은 꼭 흰 우유를 찾았다.

엄마는 항상 대형 핫케이크를 여러 개 만들고 남으면 플라스틱 밀폐용기에 담아 두었다. 플라스틱 용기는 깨끗하게 세척해도 이전에 담아 두었던 음식 냄새가 사라지지 않아 핫케이크에선 다른 반찬 냄새가 은은하게 나곤 했다. 그래도 맛있었다. 지금의 나라면 선뜻 손이 가지 않겠지만 그땐 없어서 못 먹는 맛있는 간식이었다.

브런치 가게의 부드럽고 촉촉한 핫케이크도 좋지만 가끔

은 엄마가 만들어 준 수더분한 핫케이크가 먹고 싶다. 가장 자리가 약간 타 버린 달콤 구수한 핫케이크를.

고향에 내려가면 오랜만에 엄마에게 핫케이크를 구워 달라고 해야겠다. 고소한 흰 우유와 먹으면 더없이 잘 어울리는 추억의 빵은 떠올리는 것만으로도 든든하다.

소울 간식은 이따금 삶에 지치거나, 적막한 고요가 감돌 때 위안을 준다. 위로가 화려하거나 멋있을 필요는 없다. 포근히 감싸 주는 따뜻한 맛이면 충분하다.

브런치 가게에서 핫케이크를 처음 먹었을 때 신세계를 경험했다.

본래 내가 알던 핫케이크의 모양은
훨씬 더 투박하고 두꺼워서 시장에서 파는 술빵이나 옥수수빵에 가까웠다.

생크림과 아이스크림, 버터가 곁들여진 핫케이크를
한입 먹는 순간…

브런치 가게에서 파는 근사한 핫케이크도 좋지만 가끔은 엄마가
해주던 핫케이크가 먹고 싶다. 추억으로 먹는 향수 짙은 맛이랄까.

든든한
샌드위치 레시피

    하루 한 끼는 꼭 빵을 먹는데, 스콘이나 바게트류는 영양 불균형을 초래하진 않을까 염려될 땐 식사로도 손색없을 만큼 든든한 샌드위치를 집는다. 프렌차이즈 빵집에서 판매하는 샌드위치는 가격에 비해 부실한 속재료와 눅눅한 빵에 실망할 때가 많다. 또한 샌드위치를 한꺼번에 여러 개 만들어 두고 냉장고에 보관하며 판매하기 때문에 신선한 맛을 기대하기 어렵다. 최상의 맛을 잃은 샌드위치를 먹고 나면 번번이 후회한다. 소스나 토마토, 양파에서 나오는 물기로 빵의 가장자리가 젖어 눅눅해진 샌드위치는 끝을 떼고 빵의 식감이 살아있는 부분만 먹었다.

    그런 이유로 샌드위치는 직접 만들어 먹는 것을 좋아한다.

요리에 미숙한 사람이라도 브런치 가게에서 먹는 근사한 맛을 손쉽게 흉내 낼 수 있다는 게 샌드위치가 가진 매력이다.

샌드위치의 맛은 빵에 따라 달라진다. 씹을수록 고소한 곡물빵은 브리 치즈와 잘 어울리고, 두께감 있는 생크림 식빵은 달걀 물을 입힌 뒤 햄과 치즈를 넣어 크로크무슈로 만들기에 제격이다. 친근한 크로와상도 어떤 재료를 끼워 넣느냐에 따라 훌륭한 요리가 된다. 바삭바삭 부서지는 빵 사이로 도톰한 치즈나 신선한 토마토, 양파 등이 씹히면 훨씬 생동감 있는 맛으로 변한다. 통통한 아기 궁둥이를 닮은 치아바타는 치즈와 구운 양파를 넣은 뒤 그릴 팬에 대각선으로 두고, 누르개로 지그시 눌러 구워 낸다. 그릴 팬 자국이 빵에 그대로 남아 먹음직스러운 자태가 된다. 올리브 오일에 발사믹 소스를 살짝 둘러 찍어 먹는 것도 맛있지만 치아바타의 진짜 매력은 파니니로 탈바꿈했을 때 더욱 빛을 본다.

배달 음식으로 연명하는 끼니가 지겹지만 직접 밥을 차려 먹는 건 번거롭게 느껴질 때 샌드위치가 딱이다. 싱크대에서 신선한 식재료를 뽀드득 씻고, 깨끗한 도마 위에 얹어둔 빵을 슥삭 썰 때면 내가 꽤 괜찮은 시간을 보낸다는 느낌이 든다. 직접 몸을 움직여 무언가를 만드는 수고는 정성스레 나를 돌본다는 느낌까지 얹어 준다. 느긋한 여유와 기쁨을 누리며 약간의 시간을 들이면 괜찮은 끼니를 만들어 낼 수 있다. 샌드위치란 요리에 좀처럼 재능이 없다고 고개를 젓는 이들도 시도해 볼 수 있는 만만한 영역이다. 직접 만들어 먹어 본 입장에서 맛은 보장할 수 있다.

샌드위치는 한마디로 표현하자면 무궁무진한 빵과 속재료의 향연이다. 어떤 걸 넣느냐에 따라 전혀 다른 요리로 변모하는 샌드위치의 세계를 무척이나 좋아한다. 내가 즐겨 먹는 샌드위치 레시피를 소개한다.

⊗ 크로와상 샌드위치

동네에 크로와상 맛집이 있어서 종종 크로와상을 사 두곤 하는데, 다 먹고 하나 정도 남았을 때 집에 있는 채소를 끼워 먹으면 든든한 한 끼 식사가 된다.

재료: 크로와상 한 개, 양파 반 개, 토마토 반 개, 홀그레인 머스터드 소스, 햄 한 장, 슬라이스 치즈 한 장

1. 크로와상은 칼로 자르면 부서지는 가루가 많이 생기기 때문에 가위로 반을 가른다.
2. 자른 크로와상의 단면에 홀그레인 머스터드 소스를 골고루 바른다.
3. 빵이 눅눅해지지 않도록 밑 부분에는 먼저 슬라이스 치즈 한 장과 햄을 깔고, 물에 담가서 매운맛을 뺀 양파, 저민 토마토를 넣으면 끝!

⊗ 달걀 샌드위치

햄버거에 달걀이 들어가는 건 용납할 수 없지만, 식빵 사이에는 으깬 달걀을 가득 넣어 먹는다. 입안 가득 느껴지는 수더분하고 고소한 맛이란… 피크닉 메뉴로 딱 어울리며 우유와도 찰떡궁합!

재료: 우유 식빵, 홀그레인 머스터드 소스, 마요네즈, 달걀 6개, 후추

1. 식빵의 가장자리 부분은 잘라 둔다.
2. 달걀은 7분 동안 끓는 물에 삶는다.(완숙보다는 반숙이 으깼을 때 퍼퍼하지 않고 촉촉하다.)
3. 삶은 달걀은 찬물에 담가 식힌 뒤 껍질을 벗기고 잘게 으깬다.
4. 으깬 달걀에 홀그레인 머스터드 소스 반 스푼, 마요네즈를 넉넉하게 섞은 뒤 후추를 뿌린다. (마요네즈의 양은 주걱으로 섞으면서 입맛에 맞게 조절한다.)
5. 비벼진 속재료를 식빵 사이에 소복이 넣고 빵칼로 자르면 깔끔한 단면의 달걀 샌드위치 완성!

⊗ 양파 샌드위치

오래도록 볶은 양파에서 나오는 진득한 단맛과 치즈가 어우러져 중독성 있는 맛을 완성해 낸다. 캐러멜라이징한 양파가 미리 준비되어 있다면 의외로 간편하게 완성할 수 있는 요리다.

재료: 바게트, 양파, 고다 치즈, 모차렐라 치즈, 버터, 오일

1. 프라이팬에 식용유를 두르고 양파가 갈색빛이 돌 때까지 오래도록 볶는다.(캐러멜 라이징한 양파는 대용량으로 만든 뒤 얼려 두면 사용하기 간편하다. 샌드위치뿐 아니라 카레를 만들 때도 활용 가능하다.)
2. 바게트 위에 볶은 양파를 듬뿍 올리고 고다 치즈와 모차렐라 치즈를 얹는다.

3. 버터를 녹인 팬에 바게트를 얹고 앞뒤로 노릇하게 굽는다.

☻ 가지 샌드위치

좀처럼 손이 안 가는 식재료인 가지를 맛있게 먹을 수 있는 레시피. 구운 가지는 토마토소스와 무척 잘 어울리는데, 샌드위치를 최대한 건강하고 맛있게 즐기고 싶다면 추천하고 싶은 메뉴다.

재료: 치아바타, 슬라이스 치즈 한 장, 홀그레인 머스터드 소스, 토마토, 루꼴라나 어린잎 채소, 토마토 소스

1. 치아바타를 반으로 가른 뒤 홀그레인 머스터드 소스와 토마토 소스를 빵 단면에 각각 바른다.
2. 가지는 미리 잘라서 물기를 제거하고 약한 불에 굽는다.
3. 잘 구운 가지와 토마토, 어린잎 채소를 빵에 얹은 뒤 슬라이스 치즈를 올린다.
4. 그릴 팬에 버터를 녹인 뒤 앞뒤로 구으면 완성된다.

빵과 책,
그리고 밀크티

"네 인생에서 제일 큰 즐거움이 뭐야?"

"나는 빵과 책, 그리고 밀크티. 그게 내 유일한 안식처야."

　영화 〈소공녀〉에서 미소가 남자 친구에게 말하는 장면을 내 식대로 바꿔 써 보았다. 빵을 주제로 글을 쓰게 된 것도 내 즐거움이자 취미가 빵이기 때문이다. 좋아하는 푸드스타일리스트도 상당한 빵 애호가라 '돈 대신 빵을 모은다'라는 말을 종종 한다. 남들은 우스갯소리라며 넘길지 모르지만, 난 그 말에 공감한다.

　술을 마시거나 친구들을 자주 만나는 편도 아닌 내가 자발적으로 움직일 때는 새로운 빵을 수집하거나 갓 구운 빵을 맛있게 먹기 위해서다. 매일 저녁 잠자리에 들 때 내일은 무슨 빵을 먹을지 고민한다. 365일 다이어터인 내게 빵이란 선악과와 같은 금기의 영역이지만, 맛있는 걸 마음 편히 먹는 여유가 없는 삶은 무료하다고 생각하여 하루 한 끼는 마음껏 빵식을 한다. 빵은 오늘을 열심히 산 나를 위한 작은 선물인 것이다.

매일 주어진 과제를 완수하는 데 초점 맞춘 생활을 해온 지 오래였다. 무언가를 이유 없이 마냥 좋아해 본 경험은 언제였을까. 돈으로 환산되는 일에 가치를 두고 성과나 경력이 될 만한 일 외에 여유 있게 즐길 마음의 여력이 없었다.

시간 가는 줄 모르고 놀이터를 누비던 어린 시절의 나는 사라지고 그 자리엔 활력을 잃은 어른이 있다. 마음의 짐을 덜어 내고, 우울한 기분을 바꿀 계기가 필요할 때, 내 작은 움직임이 멈춰 선 곳에선 어김없이 구수한 빵 내음이 진동한다. 맛있는 빵을 먹기 좋은 크기로 잘라 입으로 가져갔을 때 지쳤던 심신에 에너지가 깃들고 기분이 달뜬다. 일기예보만큼이나 가늠하기 어려운 오늘의 기분엔 어떤 빵이 위로와 기쁨이 될까 고심할 때, 부담 없이 좋아하는 것을 오롯이 선택할 소박한 자유가 주어진다. 이 시간을 난 무척이나 사랑한다.

　인간관계에 피로를 느끼거나 무력해질 땐 벨로나 초콜릿이 가미된 뱅 오 쇼콜라를 집는다. 달콤한 빵이 물릴 땐 신선한 채소가 담뿍 들어간 루꼴라 샌드위치를 트레이에 올린다. 호텔 조식만큼 근사하진 못해도 나만을 위한 괜찮은 한 끼를 원할 땐 곡물 식빵을 구워 무염 버터니 크림치즈를 도톰하게 바른다. 한입 베어 물었을 때 바사삭 부서지는 소리에 기분이 좋아진다. 오늘 빵 컨디션 딱 좋은데, 감동하고 만다.

　오늘 저녁은 아무 이유도 없이 아보카도 샌드위치가 먹고 싶었다. 아보카도 손질을 직접 해본 적이 없는 나에겐 새로운 도전 의욕이 솟구친 날이었다. 해야 할 일은 마감 기한까지 미뤄도 먹고 싶은 것은 내일로 미루지 못하는 나란 사람은 즉각 아보카도와 베이컨을 사 들고 집으로 왔다.

　완성된 샌드위치와 따뜻한 핫초코를 먹을 때의 호사스러움. 나를 위한 정성 어린 한 끼가 마음에 들었고, 새로운 식재료를 손질해 본 경험도 즐거웠다. 하루를 보상하는 의미가 큰 한 끼, 대충 때우기보다는 그날의 피로를 풀 만족스러운 음식을 메뉴로 정하는 게 제일 좋은 것 같다. 그것이 빵순이인 나에겐 빵이다.

빵순이에게 새로운 빵은 늘 도전 정신을 불러일으킨다.
오늘의 도전 메뉴는 아보카도 오픈 샌드위치.

먹기 전에는 인증샷을 찍는다.
내가 만든 것치고 꽤 그럴싸해서 기분이 좋았다.

직접 만든 샌드위치를 먹고 난 뒤의 만족감이란….
역시 맛있는 빵을 먹는 건 삶의 큰 즐거움이다.

빵 한 권
하실래요?

영화나 드라마를 좋아하는 편은 아니다. 정주행한 드라마는 손에 꼽을 정도. 다음 전개가 어떻게 될지 궁금증을 못 견뎌 TV 앞에 앉아 본 적은 없다. 복잡한 생각이 하기 싫을 때, 주의를 딴 곳으로 돌리고 싶어 영화관에 간 적은 있어도 영화가 재미있어서 간 적은 거의 없다.

몰입도를 높이는 거대한 스크린을 마주하면 잡생각들이 물러나고 시간은 빠르게 흐른다.

"내가 남자가 없는 이유는 다 그것 때문이야."
어느 날 언니가 자조적인 말투로 말했다.
"그게 뭔데?"

돌아오는 대답에 웃음이 터졌다.

"집에서 넷플릭스만 정주행하니 남자는 그림자도 구경할 시간이 없잖아. 남자 만나고 싶으면 넷플릭스부터 끊으라고 동료들이 말하더라."

언니는 퇴근 후 집에서 넷플릭스를 즐겨 보았다. 이용자의 취향에 적합한 다양한 콘텐츠를 추천해 주는 넷플릭스는 지루할 틈을 주지 않으니 드라마나 영화를 좋아하는 이들에겐 그야말로 천국이다. 주변인 중에도 넷플릭스 콘텐츠를 두루 섭렵한 이들이 많다.

그들이 주말에 넷플릭스나 유튜브를 시청하며 스트레스를 푼다면 나의 주말은 조금 다르다. 책을 읽으며 휴식한다. 난 이 시간을 '북 테라피'라고 부르는데, 책을 읽으며 생각을 정리하거나 좋은 문장을 수집하여 적어 둔다. 특히 느긋하게 쉬고 싶을 땐 책빵(책을 보며 빵 먹기)을 한다. 분야는 대부분 에세이나 인문서. 소설을 읽을 때도 갈등 요소나 이야기 전개가 무겁지 않은 것을 고른다. 에쿠니 가오리나 요시모토 바나나의 느긋하고 소소한 주제의 글을 좋아한다.

영상매체는 집중도를 높이지만 노골적인 구석이 있어 부담스럽다. 영화나 드라마의 핵심은 갈등이며 문제를 해결하는 과정을 다룬다. 그 흐름을 따라가다 보면 스트레스가 해소되기는커녕 주인공이 겪는 어려움이 내 안에 전이되어 피로가 쌓인다. 한 치 앞도 알 수 없는 내 삶의 전개만으로도 벅찬데 타인의 갈등을 지켜보는 건 유쾌하지 않다. 굳이 스트레스를 풀기 위해 영화를 보아야 한다면 해피엔딩이 확실한 히어로물을 본다. 진부할지라도 감정 소모를 하지 않아도 돼서 좋다.

책 속의 문장은 읽는 사람마다 머릿속에 그리는 이미지가 다르다.

'칠흑처럼 어두운 저녁,
한 사내가 손톱처럼 작은 달을 보며 숲길을 걸었다.'

이 문장을 읽었을 때 누군가는 음산한 분위기를 떠올릴 수도 있고, 어떤 이는 운치 있고 고적한 밤길의 여유를 떠올릴지도 모른다. 글은 독자의 상상력이 더해져 머릿속에 재구성되지만 영상은 상상의 여지가 없다. 연출자의 의도대로 촬영한 영상을 곧이곧대로 받아들이게 되며 사유의 여백을 허용하지 않는 매체라 매력을 느끼지 못한다.

소설이 좋은 점은 차를 마시며 읽는 호흡을 스스로 조절할 수 있다는 점이다. 기억에 남는 장면이나 인상 깊었던 대목은 다시 한 번 곱씹고, 밑줄을 긋는다. 주인공의 내면 심리가 면밀하게 드러난 문장을 읽으면 이해와 공감이 수월해진다.

한 권의 책을 읽으며 맛있는 빵과 차를 먹는 건 영화관에서 먹는 팝콘이나 버터 오징어와 견주어도 손색없는 즐거움을 준다. 새로운 책을 볼 때면 어떤 빵과 함께하면 좋을지 떠올린다. 맛있는 차와 빵에 곁들일 괜찮은 책을 발견하면 기쁘다. 이번 주말의 북 테라피가 벌써 기대된다.

북 테라피에서만큼은 어떤 목적이나 의무감 없이 보고 싶은 책을 시간에 구애받지 않고 마음껏 읽는 게 나름의 원칙이다. 책과 어울리는 향긋한 차도 곁들인다. 때로는 따뜻한 홍차를, 어떤 때는 시원한 아이스티를 책 옆에 둔다.

신미경 작가의 《나의 최소 취향 이야기》는 공감 가는 내용이 많아 꼼꼼하게 읽었다. 건강한 삶을 유지하는 방법과 저자의 바지런한 생활상이 잘 담겼다. 이 책에 어울리는 차와 빵은 쌉싸름한 녹차라테에 크로와상 샌드위치다. 읽고 싶은 책을 마음껏 읽으며 유유자적하는 주말, 피로가 풀린다.

느긋한 주말에 어울리는 책을 골라 보았다. 독서에 취미를 붙여 보고 싶은 사람이라면 가볍게 읽기에 좋을 것 같아 추천한다.

북 테라피 추천 책

🐥 마스다 마리 《차의 시간》

저자가 카페에서 겪은 경험이나 생각을 만화와 에세이로 묶은 책. 가볍게 차 마시며 읽기에 적당한 두께와 공감 가는 소소한 이야기가 재미있다.

🐥 에쿠니 가오리 《장미 비파 레몬》

일반적이지 않은 이야기도 에쿠니 가오리의 소박하고 담담한 필력으로 쓰면 그럴 수 있겠다는 자연스러운 공감을 불러일으킨다. 에쿠니 가오리 특유의 서정성을 느낄 수 있는 독특한 연애 소설.

🐥 장류진 《일의 기쁨과 슬픔》

직장인이라면 공감할 만한 이야기를 재기 발랄한 문체로 쓴 단편 소설집. 책을 좋아하지 않는 사람도 가볍게 술술 읽을 수 있다. 직장인의 씁쓸한 현실을 유쾌하게 풀어 내어 책맥(책 읽으며 맥주 마시기)에 어울린다.

🐥 에리히 프롬 《나는 왜 무기력을 되풀이하는가》

무기력할 때 읽는 책. 1930년대부터 저자가 쓴 논문이나 강연 내용을 묶은 책으로 현대인의 무기력을 정확하게 짚어 내고 예견한 에리히 프롬의 통찰력에 감탄하게 된다.

영화나 드라마보다 책을 읽는 게 좋다.
재미있는 책과 맛있는 빵이면 주말은 늘 즐겁다.

제일 좋아하는 작가는 에쿠니 가오리와 엘레나 페란테.
이들의 작품은 꼭 챙겨 읽으려고 한다.

요리조리 자세 바꿔 가며 책을 읽는 중.
책의 매력은 한 권 한 권 읽어 나갈 때의 보람,
읽을수록 높아지는 집중력이 아닐까.

소신 있는 빵

자기만의 소신과 기준이 있는 사람이 좋다. 신념을 기준으로 행동하는 삶은 공고히 다져진 장벽처럼 안정감이 있다. 삶의 우선순위를 알고, 일상을 영위하는 데 필요한 기준을 본인 힘으로 세운다는 건 자신을 책임질 준비가 된 어른이 됐다는 뜻으로 다가온다.

A는 청소와 정돈에 능했다. 청결에 신경 쓰는 A의 화장실에서 눈에 띄는 부분은 두 가지였다. 수도꼭지의 방향은 온수가 아닌 냉수 방향으로 둔다. 화장실의 두루마리 휴지는 점선에 맞춰 잘라 쓴다. A는 수도꼭지를 냉수 방향으로 두는 게 수도 요금을 절약하는 데 도움이 된다고 말했다.

휴지의 경우 의식하지 않고 뜯어 쓰면 필요한 양보다 많이 사용하게 되고, 뜯긴 끝선이 보기 좋지 않아 칸에 맞춰 쓸 만큼만 자른다고 했다. 깔끔한 A의 화장실을 보며 생활공간에는 주인의 가치관이 반영됨을 느낀다.

공간뿐 아니라 음식도 마찬가지다. 누가 만드느냐에 따라 같은 재료를 손질해도 결과물은 다르다.

내가 즐겨 찾는 단골 빵집이나 음식점은 맛도 좋지만 사장님의 경영 방침이 남다른 곳이 많다. 단순히 돈을 벌기 위한 목적이 아니라 일의 기준이 명확하며 가게에 대한 애정이 넘친다. 자신의 일을 사랑하는 사람이 만든 음식이나 빵은 맛이 없을 수 없다.

아침에 베이글을 자주 먹다가 알게 된 '흡흡 베이글'은 쫄깃한 식감과 빵 안에 든 크림치즈 덕에 그냥 먹어도 맛있다. 크림치즈를 따로 발라 먹지 않아도 돼서 바쁜 아침에 데워 먹기에 좋다.

《일상 기술 연구소》에서 흡흡 베이글 박혜령 대표의 인터뷰를 봤는데, 맛의 비결은 반죽이나 좋은 재료도 있겠지만 빵을 만드는 사람의 소신에서 비롯된다는 걸 느꼈다.

박혜령 대표는 '빵을 만드는 사람이 행복해야 하며 행복하려고 이 일을 하는 것'이라고 말한다. 수익을 생각하면 빵을 대량 생산하고, 늦은 시간까지 판매하는 게 이득이겠지만 행복한 마음으로 빵을 만들기 위해 무리해서 가게 영업을 하지 않는다고 한다. 맛있는 빵을 오래도록 만들기 위해 일과 생활의 균형을 적절하게 유지하겠다는 경영 방침이 건강하게 느껴졌다. 이것이 흡흡 베이글의 빵이 유독 쫄깃하고 달큼한 이유가 아닐까 싶다.

화장실 청결을 위한 A만의 규칙, 소량의 빵을 당일 생산하고 판매하는 흡흡 베이글. 그들이 가진 나름의 이유 있는 고집에 대해 누군가는 "왜 그런 부분까지 신경 써?"라며 의아해할 수도 있지만, 난 그 기준을 긍정하고 응원한다. 그들의 소신이 빚어 낸 쾌적한 공간과 빵 맛은 누군가를 행복하게 만들어 준다.

나도 내 행복을 기준으로 한 나만의 원칙을 가진 사람이 되기를 꿈꾼다. 나의 명확한 소신이 일상에 녹아들어 삶을 아름답게 빚어 내기를.

혼자만 알고 싶은
빵집 지도

아, 여행 가고 싶다.

카페에서 책을 읽는데 옆자리에 앉은 사람의 말소리가 들렸다. 올여름 피서는 포기했다는 체념이 오갔다. 요즘 같은 시기엔 해외 여행은커녕 국내 여행조차 가기 어려웠다. 더운 날씨에 몸은 처지고, 어딜 가든 써야 하는 마스크에 숨은 턱턱 막힌다. 무료한 일상에 새로운 에너지를 불러일으킬 만한 사건도 없다.

이럴 때 난 짧은 외출을 한다. 지금 내가 떠날 수 있는 제일 먼 경로는 자전거로 이동 가능한 한두 시간 정도의 거리. 먼 여행도 즐겁지만, 테마를 하나 정한 뒤 동네를 탐방하는 것도 소소한 재미가 있다.

내 여행의 테마는 빵이다. 프랑스 빵집은 가지 못하더라도 버터 풍미가 가득한 크로와상과 캄파뉴를 먹을 수 있는 가게들은 골목마다 숨어 있다. 노력과 정성으로 만들어진 특색 있는 빵 맛을 찾아다니는 건 신선한 경험이다. 발품 팔아 찾은 빵집들을 쌓아 나만의 '빵지 순례 지도'를 확장하는 중이다. 누군가 '이 동네에서 가볼 만한 곳 있어?'라고 물을 때 망설임 없이 코스를 술술 이야기해 줄 수 있는 경지가 됐다.

가고 싶은 빵집을 먼저 정한 뒤 근처에 둘러볼 곳을 찾는다. 두세 곳을 지정한 뒤 코스를 짜면 알차고 재미있게 놀 수 있다. 가령 우면동의 사워도우 전문 빵집을 갈 땐 창문 뒤로 수풀이 보이는 베이글 카페를 들른다. 더위가 한풀 가신 저녁에는 양재천을 느긋하게 산책한다. 스콘과 밀크티가 맛있는 서촌의 빵집에 들를 땐 골목마다 위치한 소품샵을 둘러보거나 1942년부터 운영했다는 보안여관을 구경한다. 복합 문화공간으로 탈바꿈한 여관에서 특색 있는 전시들을 무료로 볼 수 있다.

한 주 동안 고생한 나를 위해 주말 중 하루는 가고 싶은 길을 걷고 둘러보고 싶은 곳들을 살펴본다. 맛있는 빵과 튼튼한 다리만 있으면 충분하다. 두툼한 샌드위치를 베어 물며 새로 생긴 가게를 호기심 어린 눈으로 기웃거리고 담벼락에

뻗친 넝쿨을 보며 시간을 보낸다. 빡빡한 일정에 맞춰 움직여야 하는 여행과 달리 마음이 여유롭다. 시간에 쫓길 필요도, 길을 잃을 불안도 없다. 원하는 만큼 천천히 구경해도 괜찮다.

길치에 방향 감각까지 없는 내게 빵집 순례는 최적의 여행이다. 일행이 없어도 혼자서 에코백 하나 둘러매고 훌쩍 떠나는 만만한 여행. 진짜 여행과 차이가 있다면 가방에 기념품 대신 빵을 한 가득 사서 돌아간다는 것이다.

날씨가 좋을 땐 자전거를 자주 탄다. 페달을 힘차게 밟다 보면 차를 탔을 때 보지 못했던 풍경과 바람을 마주할 수 있다. 내리막길이나 장애물이 없는 대로를 달릴 때는 힘들이지 않고 앞으로 나가는 게 즐겁다. 잠깐이지만 좋은 풍경을 눈으로 담으며 해방감을 맛본다.

직접 몸을 움직여 새로운 장소로 향하는 건 정신 건강에도 도움이 된다. 어떨 땐 달라질 것 없는 일상에 숨이 막히다가도 바람을 맞으며 달리다 보면 '이번 한 주도 열심히 살았잖아'라고 자신을 응원하고 격려할 힘을 얻는다.

벤치에 앉아 땀을 식히며 주위를 둘러본다. 사람들은 즐겁게 웃고, 친구와 대화하며, 연인과 달콤한 눈맞춤을 한다. 타인의 안정감 있는 일상이 편안함을 건넨다. 어려운 일상이 지속되지만 보통의 삶이 회복될 날이 반드시 올 거라는 희망이 생긴다.

"여행도 못 가고, 답답해 죽겠어."

누군가 말하면, 난 이렇게 대답했다.

"멀리 가야 여행은 아니잖아. 숨은 동네 빵집 찾아다니기 할래?"

내 제안에 흥미를 느끼지 못하던 친구도 막상 따라 나서면 눈을 빛냈다. 왜 이런 골목에 맛있는 빵집이 숨어 있냐고 묻는 눈빛이다.

맛있는 빵에 위로받는 나의 단순함이 우습게 느껴질 때도 있다. 심각하게 고민할 때도 빵을 베어 물면 기분이 한결 나아진다. 우는 아이의 입에 과자를 물려 주는 것과 비슷한 효과다. 나이만 먹었을 뿐 내면에는 철없는 아이가 공존하는 것 같다.

지금의 나는 포켓몬 빵과 우유를 마시며, '학교생활이 힘들다고 투덜거리던 열두 살 때'와 다르지 않다. 죽을 것처럼 힘들고 미치도록 외로울 때 신선한 빵과 좋은 풍경에서 다시 일어설 힘을 얻는다. 사소한 것에 기운을 차리는 명료한 성격이 어이없기도 하지만 복잡하게 고민한다고 문제가 해결되는 것도 아니다.

나는 맛있는 빵을 베어 물며 나름의 다짐을 했다. 무기력하고 힘든 순간에는 갓 구운 빵을 생각하자. 오늘 힘들고 우울하더라도 내일 먹을 빵을 떠올리면 그리 나쁜 인생은 아니다.

살아 있으니 좋은 풍경도 보고 맛있는 빵도 먹는구나!

안도하는 인생도 꽤 괜찮다.

빵지 순례 추천 코스

⊗ 우면동

▶ 소울 브레드: 무반죽 사워도우의 산미가 뛰어나다. 다양한 생크치와 버터 프레즐 추천

▶ 카페 토다: 쫀득한 베이글 안에 크림치즈 양이 압도적, 단호박 베이글+딸기 크림치즈, 어니언 베이글+어니언 크림치즈 조합 추천

▶ 양재천 산책

⊗ 방배동 → 사당동

▶ 무세띠: 이탈리아 브랜드의 커피와 진득한 핫초코, 크로와상이 맛있음

▶ 서리풀 공원 산책

▶ 모녀당: 정감 있는 홈메이드 구움과자를 맛볼 수 있다.

🥨 옥인동

▶ 헤르만의 정원: 스콘과 밀크티 추천. 사장님이 차에 조예가 깊다.

▶ 보안여관: 독특한 현대 미술 전시를 자주 한다.

▶ 경복궁: 고즈넉한 궁은 볕 좋은 날 산책하기 좋다.

🥨 해방촌

▶ 카사블랑카: 모로코의 샌드위치를 맛볼 수 있음, 스파이시 슈림프 샌드위치와 모로칸 치킨 샌드위치 추천

▶ 별책부록, 고요서사 등 책방

▶ 무자기: 도자기를 만드는 공방과 카페를 동시에 운영한다. 홍차 빙수 추천

▶ 신흥시장: 다양한 음식점과 이색적인 카페가 많다.

🥨 수원 호매실

▶ 길복: 단호박 케이크, 쑥 케이크, 인절미 케이크 등 재료 본연의 맛을 잘 구현함, 구황작물을 좋아한다면 추천

▶ 이리 부농: 카페 분위기가 아늑함. 크로와상 샌드위치와 말차라테, 카페라떼 맛있음

▶ 물랑 드 파리: 진짜 프랑스의 크로와상과 까눌레를 맛볼 수 있음. 최근 광교 호수 공원 근처로 가게 이전. 상호명 '파티세리'로 변경.

2 ————— 빵은 알고 있다

　　영국의 저녁 식사 시간은 보통 8시, 점심과 저
녁 사이의 공백이 길다. 이 때문에 차에 간단한
다과를 곁들인 애프터눈티가 상류층 사회에서
유행했다. 그에 반해 노동 계층은 홍차를 즐길
여유가 없었지만 저녁 식사 전 허기를 채우기
위해 고기나 케이크를 홍차와 먹었다. 차린 음
식이 많아 식사용 테이블에 놓고 먹은 것에서
'하이티' 문화가 비롯됐다. 나 또한 속이 헛헛한
오후, 풍미가 진한 홍차에 스콘을 곁들여
잠시 마음의 여유를 누린다.

공간을
여행한다는 것

 새로운 공간과 주변을 반짝이게 만드는 소품을 사랑한다. 그래서 주말이든 평일이든 취향에 맞는 곳을 찾아 나서곤 한다. 그것이 때로는 향긋한 홍차 한 잔을 마실 수 있는 카페일 때도 있고, 조용한 골목 사이에서 만난 작은 책방이나 소품 가게일 때도 있으며, 갓 구운 빵이나 맛있는 샌드위치를 맛볼 수 있는 빵집일 때도 있다.

 머물고 싶은 공간을 발견하면 기억해 두었다가 자주 방문한다. 맛있는 빵과 향긋한 차, 편안한 공간, 그 한 켠에 앉아 있는 내 모습은 상상만 해도 좋다. 마치 더운물을 가득 채운 욕조에 몸을 담그고 있는 때와 같은 평화로운 기분이 든다. 좋아하는 곳에서 책을 보거나 글을 쓰며 혼자의 시간을 보내는 일도 좋고, 친구나 연인과 마주 보며 시간을 보내는 것 또한 참으로 멋진 일이다. 가게의 주인이 아닌데도 취향과 분위기, 향기가 자꾸만 머물고 싶게 만들면 내 공간처럼 사랑하게 된다. 그러다 좋아하던 공간이 부득이한 사정으로 없어진다는 소식을 들었을 땐 오래도록 아쉬움이 남는다.

맑고 따사로운 날씨에는 남산타워를 자주 간다. 남산도서관 쪽의 한산한 가로수길을 천천히 걸어 해방촌 방면으로 내려가면 낡지만 고즈넉한 분위기의 골목을 만날 수 있다.

남산타워 근처, 회현역 4번 출구 방면, 오래된 골목 사이를 올라가다 보면 마주하게 되는 흰색 건물 제일 위층에 좋아하던 카페가 있다. 아니, 있었다.

비단 콤마.

지금은 사라지고 없지만, 날씨가 좋을 때마다 방문하곤 했다. 자주 가다 보니 사장님이 내 얼굴을 기억할 정도였다. 쌉싸름한 녹차라테와 녹차 파운드 케이크가 맛있었다. 부담스럽지 않은 단맛으로, 말차 특유의 쌉싸레함은 무기력한 오후에 꼭 한 번씩은 생각난다. 허기질 때는 디저트를 먹기 전에 명란 파스타나 카레라이스를 시켰다. 정갈한 흰색 그릇에 담긴 파스타에는 싱싱한 명란과 달걀노른자가 예쁘게 올라가 있었다. 톡 건드리는 순간 노른자가 휘청, 흔들리는 모습이 귀여워서 장난스레 포크로 노른자의 옆구리를 몇 번이나 콕콕 찌르기도 했다. 크림, 노른자, 명란, 조미김을 잘 섞어서 먹으면 부드럽게 넘어간다. 카레라이스의 적당한 크기로 잘린 채소와 잘 구운 소시지도 집에서 직접 만든 것처럼 정갈하다. 번잡하거나 화려하지 않은 맛이라 더 좋다.

든든하게 배를 채우고 난 뒤에는 옥상에 올라가 산 중턱에서 얼굴을 내민 남산타워와 파란 하늘 아래 펼쳐진 도심의 풍경을 바라본다. 그 순간, 오늘의 외출이 특별하게 느껴진다. 지하철을 타고 와서 부담 없이 누리는 선선한 바람과 풍경, 맛있는 음식. 이것만으로도 충분히 즐거운 여행이 될 수 있다고 느낀다.

아래층에는 홈메이드 케이크와 디저트로 유명한 '버드 스틱'이라는 작은 가게가 있었는데, 내가 좋아했던 녹차 파운드 케이크는 이곳에서 가져온 것이었다. 두 가게 모두 입소문으로 인기를 얻었다. 아쉽게도 버드 스틱은 문 여는 날이 많지 않고, 열어도 매번 디저트가 품절이었기에 먹어 보진 못했다.

비단 콤마를 한마디로 표현하자면, 흰 도화지의 여백을 직접 채우는 느낌이다. 간결하고 깨끗한 색깔, 모던하고 편안한 분위기에 차를 마시고 대화를 나누는 사람들이 하나둘 머물렀을 때 비로소 공간이 완성된다. 꾸밈없는 인테리어는 단조롭지만 공간을 방문하는 이들의 애정으로 풍성하게 채워진다.

2020년 7월로 이곳에서의 영업은 종료하고, 현재는 동작구 쪽에 분점으로 생긴 가게만을 운영하는 것으로 알고 있다. 소월길 비단 콤마에서 누렸던 여유와, 함께 대화 나눴던 사람들이 떠올라 그때의 그 공간이 그립다. 이젠 사라지고 없지만 여전히 나에겐 소담스럽고 편안했던 가게로 기억되고 있다.

그 외 사랑하는 공간들

🥨 미아 논나

이새롬 대표가 운영한다. 가게를 열기 전 100일 동안 70여 가지의 다양한 샌드위치를 만들어서 사람들에게 판매하는 프로젝트를 했는데, 고객 반응이 좋았던 레시피를 모아 책으로 내기도 했다. 대표 메뉴는 핫 샌드위치. 특히 very 이탈리안 샌드위치는 구운 가지를 좋아하는 내 입맛에 잘 맞는다. 곁들인 페퍼론치노에 샌드위치를 찍어 먹으면 마지막 한입까지 개운하고 깔끔하다.

미아 논나는 이탈리아어로 '나의 할머니'라는 뜻인데, 이름만큼이나 홈메이드 느낌의 샌드위치가 다양하다. 건강하게 맛있기가 힘든데 이곳은 재료도 건강하고, 맛도 있다는 게 장점. 한가로운 오후 햇살을 닮은 곳이다. 흰 접시에 정갈하게 담긴 한 조각 샌드위치는 다 먹은 뒤 늘어지게 낮잠을 자고 싶은 푸근한 맛이다.

☸ 소품샵 슬로우어

《나는 그냥 천천히 갈게요》의 오누리 작가가 꾸민 공간으로 적절한 여백과 균형이 있어 오래도록 머물고 싶은 곳이다. 내가 머무는 공간을 돌아보고, 취향이 드러나는 나만의 집을 만들고 싶은 욕구를 일으킨다. 특히 좋았던 건 시간이 오래 걸리더라도 자신의 속도로 가겠다는 단단한 마음의 메시지가 담긴 책의 제목처럼 튼튼한 가구를 직접 만들며 가게를 운영하는 것이다.

단단한 원목을 자르고 다듬어 사람들이 유용하게 사용할 가구를 만들어 전시해 둔 쇼룸을 둘러보면 실용성과 안정감이 느껴진다. 이곳의 따뜻한 원목 가구로 집을 꾸민다면 완벽하게 마음의 평화가 찾아올지 모른다는 기대감도 든다. 손때 묻은 빈티지 소품이 어우러져 좋아하는 사람과 방문해서 천천히 둘러보고 싶어진다.

여러 공간을 누비다 보면 주인과 가게의 분위기가 닮아 있음을 느낀다. 그 사람이 누군가에게 대접하고 싶은, 또는 누리고 싶은 환경과 느낌을 구현해 낸 소중한 가게들. 이곳에서 나는 마음껏 여유와 즐거움을 느낀다. 공간을 여행하는 건 곧 타인의 삶을 들여다보는 일이기도 하니 질리지 않는다.

이런 여행은 마음껏 못 가더라도

일상에서 작은 여행을 떠나곤 한다.

좋아하는 공간에 앉아 편안한 분위기의 음악을 들으며
글을 쓰거나 그림 그리는 일은 꽤나 즐겁다.

짧은 여행일지라도 콧바람을 쐬러 나가는 건 언제나 즐겁다.
혼자 가는 것도, 누군가와 함께인 것도.

기다림의 미학

　직장인의 감정 순환 곡선은 비슷하다. 다가올 주말에 대한 기대로 금요일부터 들뜬 기분은 일요일 오전에 최고조에 오른다. 일요일 저녁이 되면 감정 곡선은 급격한 하향세를 그리다가 침잠한다. 월요일 아침, 무거운 몸을 억지로 일으켜 회사로 향한다. 휴일이 지나고 난 뒤엔 이상하게도 더 짙은 피곤함이 밀려온다.

　출근길부터 퇴근을 바라며 무기력하게 하루를 여는 것이 싫었다. 퇴근을 손꼽아 기다리다가 주말만 반짝 살아 있는 불행이 반복되었다. 평일은 그저 회사를 가야 하는 인고의 시간이자 주말을 위해 흘려버려야 할 순간으로 전락했다. 이 감정에 오래 몸담으면 무기력은 짙어진다. 안정을 보장받기 위해 들어온 회사에서 부정적인 감정만 샘솟는 모습은 내가 그려 왔던 미래가 아니었다. 상황을 바꿀 수 없다면 자신을 바꾸는 시도가 필요했다.

"10분만 더"라고 중얼거리며 알람을 끄고 어영부영 시간을 흘려보내기보단 단번에 일어나려고 노력하게 된 건 그 때문이다. 하루를 활기차게 열고 싶었다. 외부 환경에 좌우되기보다 유연하게 내 힘으로 감정을 조절하고 싶었다. 아침 시간에 좋아하는 행위를 의식적으로 하게 된 건 처지는 감정을 환기시킬 행복한 습관을 만들려는 의도였다.

일요일 저녁, 잠들기 전에 월요일 아침 메뉴를 정하는 게 습관이 되었다.

'내일 아침은 토스트에 허브티를 마셔야지.'

작은 계획은 아침을 깨우는 이유가 된다. 때로 짧은 글을 쓰거나 책을 몇 페이지 읽겠다고 정해 두기도 한다. 늦장을 부려 다급하게 출근할 때 밀려오던 자괴감은 사라지고 활력이 생긴다. 내일 무엇을 할지 떠올리며 가뿐한 기대를 안고 잠드는 일이 많아졌다.

무기력의 굴레에 빠지면 무언가를 시도할 의욕이 생기지 않는다. 이럴 때는 마냥 좋아할 수 있는 일을 하며 침체된 마음을 깨우는 시도를 할 필요가 있다. 의식적으로 활기를 띠며 움직이는 활동이 몸과 정신을 긍정적인 방향으로 이끌어준다. 의욕이 생겨서 움직이는 게 아니라 행동하는 과정에서 의욕이 고취되는 것이다.

자발적인 의지가 생길 때까지 멈춰 있으면 내 감정과 하루는 변화가 없다. 기계의 부품처럼 영혼 없이 이어가는 시간을 보내지 않기 위해 내가 바꿀 수 없는 상황에 대한 집착을 내려놓고, 주어진 환경에서 바꿀 수 있는 부분을 조금씩 조정하려고 노력한다. 귀찮더라도 무엇이든 해보는 게 좋다. 오늘이 어제와 다를 바 없을 거라고 생각하며 무감하게 흘려보내고 싶지 않았다. 내일에 대한 기대와 앞으로 더 나아지리라는 희망이 없다면, 현재를 향유할 수 없다.

이 단순한 깨달음은 사소한 것에서 비롯됐다. 삶에 의욕이 없다고 푸념하자 D는 애정을 느낄 수 있는 대상이나 행동을 찾아보라고 조언했다. 요즘 D는 근교에 작은 텃밭을 마련하여 래디시와 상추를 기른다고 한다. 이번 주말엔 식물이 얼마나 자랐는지 보러 갈 예정이라며 기대에 찬 표정으로 말했다. 지난 번보다 한 뼘 더 성장했으면 좋겠다고 말하는 D의 얼굴엔 생에 대한 기쁨과 바람이 서려 있었다.

"이번 한 주도 힘내 보려고. 녀석들도 성장하기 위해 열심히 힘쓰는데, 나도 기운 차려야지."

의욕적인 D의 음성에 내 입가에도 엷은 웃음이 번졌다. 무언가를 기다리며 정성을 다해 일상을 일구는 D가 튼튼하게 뿌리 내린 식물처럼 보였다.

인생에서 중요한 건 좋아하는 것을 만들고, 그 대상을 기다리며 설렘을 느끼는 과정인 것 같다. 내가 매일 아침, 기대감을 갖고 하루를 시작하기 위해 좋아하는 것들을 하게 된 건 D의 생기와 활력을 닮고 싶었기 때문이다. D의 환한 웃음과 뿜어져 나오는 기쁨이 내게도 좋은 기운을 건네주었다.

무언가를 기다린다는 건

작고 여린 식물을 키우는 것과 같은 일.

기다림의 대상이 있으면 현재에 집중하게 된다.
일상에 훨씬 더 충실할 수 있다.

또한 기다림의 끝에 소중한 무언가를 만나는 건 벅차고 행복한 일이다.

실수가
선사한 맛

얼마 전 무료한 일상에 변화를 주기 위해 스콘 만들기 수업에 참가했다. 고즈넉한 카페에서 선생님을 포함하여 총 네 명이 수업에 참여했다.

디저트에 대해서만큼은 까다로운 미각의 소유자지만 막상 빵을 만들어 볼 엄두조차 내지 못했던 건 맛있게 먹기와 맛있게 만들기에는 엄연히 차이가 있기 때문이다. 예민한 나의 미각을 사로잡을 만큼 맛 좋은 빵을 만들 자신이 스스로도 없어 시도조차 하지 못했다. 과연 괜찮은 결과물을 만들어 낼 수 있을지 염려 반 기대 반으로 베이킹을 시작했다.

스콘 수업을 운영하는 선생님은 빵 만들기를 진심으로 좋아하셨고, 베이킹에 필요한 재료를 아낌없이 주셨다. 자신이 여러 차례 체득하여 알게 된 맛있는 배합의 레시피도 전수해 주셔서 즐겁게 수업할 수 있었다. 조물조물 반죽의 모양을 만들 땐 초등학교 때 찰흙 시간이 떠올랐다. 전부 내가 가져가서 먹어야겠다고 생각했으나 오븐에 넣어 구울 시점에는 주변 친구들과 나누어 먹고 싶었다. 초코 스콘은 누구에게 줄지, 고구마 스콘은 몇 개 선물할지 헤아려 보았다. 직접 만든 빵을 선물할 생각에 완성될 스콘에 대한 기대감이 커졌다.

스콘은 다른 빵들보다 비교적 간단하게 만들 수 있다. 박력분과 베이킹파우더, 초코 파우더를 레시피에 적힌 배합대로 적절하게 넣어 섞은 뒤 반죽하고 성형하여 구우면 되는 것이다.

그런데 레시피 내용을 착각하여 고구마 스콘에 녹차 파우더를 쏟아 붓고 베이킹파우더를 더 많이 넣었다.

실패한 것 같다며 울상을 짓는 내게 선생님은 위에 쏟아진 베이킹파우더를 약간 덜어내라며 레시피와 다르다 해도 구우면 괜찮을 수 있다고 말했다. 실수다 싶었던 레시피가 깜짝 놀랄 만큼 반전의 맛을 선사하는 경우도 있다고.

반죽을 뭉쳐 놓았을 때는 미심쩍었지만 오븐에서 20여 분을 노릇하게 구워 꺼냈을 때는 꽤 근사하고 먹음직스러운 크랙이 돋보이는 스콘이 완성되었다. 한 김 식힌 뒤 맛보니 선생님 말이 맞았다. 걱정과 달리 내가 만든 스콘은 맛이 좋았다. 반죽 후 망한 것 같다며 자조적으로 생각했으나 구워 보니 전혀 다른 결과물이 만들어진 것이다.

자색 고구마 스콘에 녹차 파우더가 섞이니 쌉싸름한 맛이 입가를 맴돌았다. 녹차를 좋아하고 즐기는 사람이라면 그리 싫지 않을 깔끔한 쓴맛은 고구마의 묵직한 맛을 말끔하게 잡아 주었다. 어울리지 않을 것 같지만 기묘하게도 궁합이 괜찮았던 초록빛 고구마 스콘. 그날 내가 찾은 뜻밖의 맛이었다.

어떤 맛일지는 구워 봐야 알 수 있지.
반죽일 때와 구웠을 때는 전혀 달라.
실수로 좀 더 넣은 소금 한 스푼이
의외의 감칠맛을 낼 수도 있어.

설탕으로 착각해서 넣은 소금 한 스푼이 예상밖의 맛을 선물처럼 가져다주듯 삶에서도 실수라 여겼던 일이 의외의 결과를 만들 수도 있다. 그러므로 미리부터 실패라고 단정 지을 필요가 없다.

앞으로 난 어떤 일에 대해 앞질러 규정하지 않으려 한다. 미리 겁먹고 자책하는 감정이 일때는 실수로 만들어진 녹차 고구마 스콘을 떠올릴 것이다. 자잘한 선택과 결과들이 이어져 달콤한 맛도, 쌉싸름한 맛도 내는 게 인생일 테니까. 실패니 성공이니 미리 점치며 불안감의 크기를 비대하게 키우지 말자.

일어난 일들에 대해 결과를 예측하며 일희일비하기보단 앞으로 내가 만든 빵들이 어떤 맛을 선사할지 느긋하게 기대하는 편이 더 의미 있다. 난 그저 매 순간 내가 만들어 낼 수 있는 제일 맛 좋은 빵을 열심히 만들어 나가며 된다. 그 빵을 맛있게 먹어 줄 이들에게 기꺼이 한 조각을 대접할 수 있다면 그것만으로도 기쁘다.

베이킹 원데이 클래스 날,
레시피와 다르게 반죽해 버린 나.

당황하고 있을 때, 선생님이 다가오셨다.

선생님 말씀대로 실패작이라 생각했던 스콘은 의외로 맛있었다.

실패의 숙성을
거치며

경험은 알게 모르게 몸과 마음에 쌓인다. 시간이 흐르면 잊히기 마련이라 치부한 사소한 말도 인장처럼 각인되어 있다가 비슷한 상황에 처했을 때 토스트기에 넣었던 식빵이 적절한 시기에 튀어 오르듯 마음속에서 모습을 드러낸다. 지나간 일이라 여겼던 상황이나 타인의 말이 비수처럼 꽂힐 때 과거의 기억을 마주하는 것이다. 수치와 관련한 기억은 내면에 도사리고 있다가 불쑥 수면 위로 치고 올라온다.

그 기억은 초등학교 시절로 거슬러 올라간다.

음악시간에 리코더로 〈에델바이스〉를 완곡하는 시험을 보았다. 손을 놀려 리코더의 구멍을 꾹 누르는 게 벅차서 애를 먹었다. 어떤 구멍을 어느 정도 힘으로 눌러야 높다랗고 고운 소리가 나는지 알기 어려웠다. 어설프게 구멍을 눌렀다 뗐다를 반복하는 사이 친구들은 능숙하게 연주를 했다.

능숙하게 연주하는 친구들을 볼수록 마음은 초조했다. 친구들이 손쉽게 하는 일을 못하는 내가 멍청해 보일까 봐 두려웠다. 뒤쳐져 보이는 게 싫어서 합주할 땐 리코더를 입으로 가볍게 문 뒤 숨은 눌러 참고 손가락만 부지런히 움직였는데, 연기가 어색했던지 선생님은 친구들이 보는 앞에서 독주를 시켰다.

그 순간 리코더를 쥔 손에서 식은땀이 흘러 미끌거렸다. 구멍을 누를 힘조차 손끝에서 빠져나간 것 같았다. 어디를 눌렀을 때 도였는지, 레는 어떻게 손가락을 짚어야 하는지 기억이 나지 않았다. 정적이 이는 교실에서 리코더를 쥐고 갈등했다. 연주를 못하는데 부는 척했던 게 들통나면 어떡하나 싶어 불안했다. 망설이는 수초의 시간이 억겁처럼 길었다.

마침내 미세한 바람을 조심스레 불어넣었다. 버벅거리는 손놀림에서 흘러나온 선율은 삑사리의 연속이었다. 나의 부족하고 약한 부분을 또래 친구들에게 보여 준 최초의 수치스런 경험이었다.

문득 그때의 부끄러움이 떠오를 때가 있다. 교실에 있던 친구들 중 누구도 나의 독주를 기억하지 못할 텐데 그 시간의 창피함은 오롯이 내 몫으로 남아 있다. 이 부끄러움은 숙성된 빵처럼 커져 모르는 것은 부끄러운 것이라는 생각을 갖게 되었다.

처음 회사에 입사하였을 때도 인수인계를 받는 과정에서 어려움을 겪었다.

'같은 질문을 반복하면 어리석어 보이지 않을까? 기본도 모른다고 비웃으면 어떡하지?'

여러 걱정이 꼬리를 물고 이어졌고, 부끄러움을 무마하기 위해 질문 대신 어색한 웃음을 머금은 채 상황을 넘겼다. 잠깐의 창피를 피하기 위해 알은체한 뒤 혼자 끙끙 앓았다. 질문을 하기엔 타이밍이 애매했고, 혼자 일처리를 하기엔 업무의 프로세스를 알지 못해 막막했다.

"처음 하는 건데 모르는 게 당연하지. 몇 번이고 물어봐도 괜찮아. 나도 그랬으니까."

다독여 주며 차근차근 알려 준 사수 덕분에 모르는 것을 인정하고 질문하는 방법을 배울 수 있었다. 찰나의 수치를 피하려고 아는 척하기보다 '알려 주실 수 있나요?'라고 정중하게 물어보는 편이 발전적이었다.

동료들의 도움으로 업무에 수월히 적응했다. 그 이후 부끄럽다고 도망쳐 새로운 것을 배울 수 있는 기회를 놓치지 말아야겠다고 다짐했다. 리코더를 연주하지 못한다는 사실을 숨기기 위해 손가락을 열심히 놀리던 시절의 부끄러움과도 점차 이별할 수 있었다.

부끄러운 기억은 발효된 반죽처럼 부풀어 올라 실제 상황보다 훨씬 더 크게 다가오거나 상처로 돌아온다. 이 감정에서 자유로워지기 위해서는 기억의 물꼬를 트고 두려움에 맞서야 한다. 앎과 모름에 솔직해질 수 있는 것도 멋진 용기다.

처음부터 능숙하게 잘하는 사람이 있을 리 없다. 〈리틀 포레스트〉의 주인공 이치코가 직접 만들어 먹는 귀한 끼니를 통해 상처를 극복하는 모습처럼, 나 또한 조금씩 나아가고 있다. 영화 속 이치코의 대사가 나를 다독여 준다.

"제자리를 도는 것처럼 보여도 사실은 나선형으로 나아가고 있는 거야. 인간이란 실패라는 숙성을 거쳐서 빵처럼 아래로도 위로도 부풀어 오르는 거지."

난 지금, 그 과정에 있다. 실수하고, 무너지고, 부딪히며 잘 구워진 하나의 맛있는 빵이 되는 과도기에.

맛있는 빵을 만들기 위해 숙성이 필요하듯
나 또한 여러 경험 속에서 변화와 성숙을 거듭하고 있다.

잘 구워진 하나의 맛있는 빵이 되기 위하여.

실패의 즐거움

예능 프로 〈삼시세끼〉를 자주 챙겨 봤다. 제일 기억에 남는 건 만재도 식구들이 비가 부슬부슬 오는 날씨에 수제비를 만들어 먹는 장면이다. 세찬 빗줄기에 아궁이 불이 꺼지고 김치 하나를 만들기 위해 풀을 쑤는 등 소일거리가 많았다. 먹는 시간은 잠깐인데 준비만 한나절이다. 그 과정을 보고 있으면 식사란 먹는 게 다가 아니라 정성 들여 준비하는 과정 자체라는 생각이 든다.

과거엔 끼니를 때우기 위해 배달음식을 자주 찾았다. 내게 식사는 준비 과정은 생략하고 먹는 행위로만 각인되어 있었다. 요리를 피하고 사 먹었던 건, 같은 돈을 들여 내가 만든 음식보다 남이 해준 음식이 맛있었기 때문이다.

오랜 자취 경력으로 요리에 능숙한 친구는 말했다.

"실패한 음식을 많이 만들어 봐야 맛있는 음식을 능숙하게 만드는 날도 올 수 있는 거야."

그러나 난 완성된 요리가 맛이 없으면 낭비된 식재료와 돈이 떠올랐다.

사 먹었더라면 좋았을 것을. 쌓인 설거지거리를 보며 다시는 요리를 하지 않겠다고 다짐했다.

"처음부터 잘하면 장금이지. 넌 몇 번이나 음식을 만들어 봤는데."

요리에 실패를 거듭하고 싶지 않다고 말하자 친구가 되물었다. 겸연쩍어진 나는 손가락 세 개를 어설프게 펴 보였다. 두세 차례의 경험은 노력이라고 포장하기엔 부족하다는 걸 나 자신도 알고 있어 민망했다.

"실패의 대가 없이 얻을 수 있는 건 없어. 미숙함은 실패의 경험으로 커버해야 해."

친구는 내 등을 툭 치며 재미있다는 듯 웃었다. 그 웃음에 얼굴이 달아올랐다. 난 아무 노력 없이 훌륭한 결과를 바랐다. 나의 투덜거림은 실패할 것 같으니까 시도조차 하지 않겠다는 어리광 섞인 투정이었다.

하다 못해 처음 가는 식당은 리뷰나 평점을 살펴봤고 책을 보더라도 긍정적인 평가를 얻은 작품을 선호했다. 입증되지 않은 것을 먼저 시도해 볼 용기를 갖지 않은 건 실패의 경험을 손해로 치부했던 탓이다. 음식을 먹든, 영화를 보든 앞서 타인의 평가를 찾아본 뒤 어느 정도 만족이 보장된다고 판단했을 때 경험했다.

실패에 대한 두려움으로 새로운 것을 시도하지 않았던 시기를 천천히 돌아본다. 익숙한 경험만 반복하며 우연히 내게 다가온 기회를 스스로 박탈하고 있었다는 걸 자각했다.

한두 번의 실패 후 시도조차 포기한 건 비단 요리만이 아니다. 실망이 뒤따를까 봐 시작하지 않은 일이 삶에서 얼마나 많던가. 눈 딱 감고 과감하게 해보면 뜻하지 않은 행운을 만날지도 모르는 일인데, 새로운 시작을 번번이 놓쳤던 건 아닐까.

미숙한 나의 내면은 실패의 경험 안에서 성숙하게 잘 여물어 가야 한다. 실패가 없다는 건 다시 말하면 아무 경험도 하지 않았다는 말이다. 성공이든 실패든 쌓아 나가야겠다. 그 안에서 실패가 손해가 아닌 배움이나 뜻하지 않은 행운으로 바뀔 수 있다는 것을 잊지 말아야겠다.

요리 초보 시절엔 모르는 것투성이였다.

요리를 할 땐 인터넷에서 영상이나 레시피를 꼭 찾아보았지만,

열심히 만들어도 만족스러운 음식을 완성하기 어려웠다.

몇 번의 실패를 거듭하며 조금씩 요리 실력이 나아지고 있어 뿌듯하다.
집밥의 매력을 알아 가는 중.

내 취향을
알아 가는 과정

한때 비건 빵에 빠진 적이 있다. 채식주의자는 아니지만 다이어트에 관심이 많은 빵순이로서 밀가루와 버터가 함유되지 않은 비건 빵은 매력을 느끼기에 충분했다.

비건 빵 중에서도 밀도감을 지닌 묵직한 파운드 케이크를 좋아한다. 목이 메어서 따뜻한 차 한 모금으로 눌러 준 뒤에야 비로소 다음 한입을 베어 물 수 있는 물기 없는 스콘도 애정의 대상 중 하나다. 우물거리며 삼킨 뒤에도 입에 남는 메마르고 무거운 맛은 다소 고지식하고 재미없게 느껴질 수도 있지만 그 정직함이 주는 기분 좋은 메임에 중독되면 쉽게 끊지 못한다.

적당한 당도와 묵직함이 입속을 메우면 차 한 모금을 마셔야 비로소 속이 편안해진다. 밀가루나 달걀, 유제품 등이 들어가지 않은 비건 빵은 빵 맛을 즐기면서 살도 덜 찌고 건강도 해치지 않아서 마음의 죄책감이 덜하다. 쌀이나 아몬드 가루 등을 주재료로 반죽하다 보니 발효의 과정으로 부풀어 오른 밀가루의 폭신한 맛은 없지만, 내가 좋아하는 무거운 맛을 구현해 내기에 적합한 재료들이다.

연남동과 압구정 쪽에 좋아하는 비건 베이커리 '빵 어니스타'가 있다. 말차와 초코, 단호박을 주재료로 한 빵과 케이크, 브라우니를 판매한다. 두부 케이크, 아몬드 비스코티, 찰떡과 단호박 무스를 층층이 쌓아 올린 케이크 등 일반 빵 맛이나 식감을 기대하고 먹는다면 촉촉함이나 부드러움과는 거리가 멀어 실망할 수 있지만 나는 그 무게감에 매료되어 한동안 제집처럼 드나들곤 했다. 이 가게의 빵 맛을 알고 자연스럽게 '아, 나는 비건 빵을 좋아하는구나'라고 생각했다.

그 후 유명한 비건 빵집을 여러 곳 방문하여 새로운 빵을 먹었다. 병아리콩, 단호박, 쑥, 흑임자, 옥수수 등 구황작물을 사랑하는 내 입맛에 꼭 맞는 재료들로 만든 다양한 디저트가 즐비했다. 그러나 기대했던 만큼 맛있었던 빵은 없었다. 모두 건강한 재료와 정성으로 만든 건 분명했지만 내 입맛에는 어딘가 부족하거나 아쉬웠다. 건강한 재료들로 만들다 보니 자극적인 맛이 덜하거나 재료 본연의 맛을 살리지 못해 심심하게 느껴졌다. 빵의 결속력만 염두에 두고 배율을 잘못하여 코코넛 오일을 지나치게 많이 넣은 빵의 경우 한입만 먹어도 느끼했다.

비건 빵집에 가졌던 기대가 실망으로 치환되는 과정을 거듭하면서도 비건 빵을 좋아한다는 믿음에 균열은 없었다. 단지 내가 맛있는 비건 빵집을 찾지 못했다고 여겼던 건 여전히 빵 어니스타의 빵을 좋아했기 때문이다. 그러나 여러 비건 빵집을 전전한 끝에 내가 이곳의 빵을 좋아하는 건 비건 빵이라는 이유 때문이 아니라는 걸 자각하게 됐다. 즉 비건 빵이라는 범주 안에 있는 다양한 비건 빵을 포괄적으로 좋아했던 게 아니라 빵 어니스타의 빵이 가진 특수한 맛에 애정을 느꼈던 것이다. 때마침 내가 좋아하는 빵 어니스타의 빵이 유제품이나 달걀이 들어가지 않은 비건 빵이었던 건 우연이었을 뿐.

내 취향에 대해 내가 착각하고 있었음을 깨닫고 친구에게 꽤나 진지하게 이 이야기를 했다.

"좋아하는 비건 베이커리의 빵을 먹은 뒤부터 난 내가 비건 빵을 좋아하는 줄 알았는데 여러 곳의 비건 빵을 먹고 나서 깨달은 게 있어. 내가 좋아했던 건 단순히 비건 빵이 아니라 그 가게만의 빵 맛이 가진 특수성이야. 그러니까 난 그곳의 빵이 비건 빵이라 좋아했던 게 아니라 그 맛이 좋았던 것뿐인 거지. 만약 빵 어니스타에서 밀가루로 내가 원하는 맛을 구현했다면 난 비건 베이커리를 굳이 찾아다니는 수고로움을 자처하지 않았을 거야."

진지한 표정으로 중대한 통찰을 고백하자 친구는 어이없다는 웃음을 지었다. 빵에 대해 이 정도로 심오하게 고민을 발전시키고, 결론을 도출해 내는 내가 실없어서 터진 웃음이라는 것을 알 수 있었다.

이처럼 착각을 당연하게 받아들일 때가 있다. 남들이 좋다고 하는 걸 내가 좋아한다고 믿거나 누가 봐도 그럴듯해 보이니 당연히 나도 좋아하고 있다고 자기 최면을 하는 경우들이 그렇다. 또는 과거의 취향에 고정되어 내가 나를 규격화한다. 시시각각 날씨와 계절처럼 변하는 취향이 고착화되어 있다고 단순히 믿어 버리는 것이다.

어렸을 때 나는 샛노란 우비와 앞마당에 흐드러지게 핀 개나리, 고소하고 노란 계란 과자를 좋아했다. 노란색이 가진 순수한 활력, 계산 없이 맑고 투명한 귀염성이 나와 닮았다고 여겼다.

시간이 흐른 뒤로 노란색은 내게 유치한 것, 촌스러운 색감이 되어 버린 지 오래였지만 좋아하는 색을 누군가 물으면 제일 먼저 노란색이 떠올랐다. 감정이나 생각이 일어나기 전에 무의식의 반동이 노란색에 즉각 반응한 건 과거에 내가 노란색을 좋아했던 기억의 발현일 뿐이었다. 과거에 좋아했던 걸 지금도 당연히 좋아한다고 착각하는 경우는 흔하다.

내가 좋아하는 것조차 왜 좋아하는지, 언제부터 좋아하는지 또는 언제부터 싫어졌는지에 대해 면밀하게 생각해 보지 않으면 착각하게 된다. 이런 걸 보면 타인을 아는 것도 어렵지만 내가 나를 오롯이 안다는 건 더 어려운 문제다.

난 이걸 좋아해. 난 이런 사람이야.

규정에 스스로를 가둘 때가 얼마나 많은지 헤아려 보게 된다.

비건 빵집을 두루 섭렵하면서 자각하게 된 건 난 비건 빵이 아니라 재료 본연의 맛을 살린 묵직한 빵을 좋아한다는 것. 빵을 통해 이렇게 나 자신을 알아 가기도 한다.

취향이란 건 계절과 같아서 시시각각 변한다.

좋아한다고 믿었던 것이,

더 이상 관심사가 아니라거나
본래 좋아하지 않았다는 사실을 깨닫기도 한다.

이렇게 하나씩 나에 대해서 알아 간다.

최상의 경험은
해보고 판단해도 늦지 않아

출근하면 어김없이 보이는 익숙한 풍경이 있다. 사무실 앞 공용 휴게 공간에서 둥근 안경과 모자를 푹 눌러 쓰고 커피를 마시는 한 남자. 바로 내가 속해 있는 부서의 팀장님이다. 그는 아침엔 느긋하게 핸드드립으로 내린 진한 커피를 마신다. 진짜 맛있는 커피는 단순한 쓴맛이 아니라며 내게 본인이 탄 커피를 반쯤 따라서 건넸다. 좋아하는 음식이나 차를 나눠 준 뒤 긍정적인 맛 평가나 공감을 기대하는 팀장님의 시선엔 익숙하다. 난 한 모금 가볍게 목을 축인 뒤 당연하게 맛있다고 대답했다.

점심을 먹으러 갈 때도 조언은 계속된다. 그는 본인의 인생 맛집에 자주 데려갔고 음식을 맛있게 즐기는 방법을 코치

했다. 그러나 청개구리 심보였는지 난 그 조언과 다르게 내 방식대로 먹는 게 좋았다. 알아서 먹고 싶은 대로 먹으면 되지 왜 무조건적인 방법이 있는 것처럼 말하는 건가 싶어 피로감을 느끼기도 했다.

애초에 난 팀장님과 입맛이 상극이었다. 팀장님은 수육이나 갈비탕을 좋아했고 난 물컹한 비계의 비중이 높은 족발이나 수육은 입에 대지도 않았다. 부서원들에게 국밥류나 평양냉면을 예찬할 때도 나는 대꾸조차 하지 않았다. 난 팀장님과 다른 의미에서 꽤 까다로운 입맛의 소유자였지만 그의 눈엔 내가 '미식을 제대로 즐길 줄 모르는 아기 입맛 사원'으로 비쳐질 것이었다.

어느 날 팀장님이 내게 물어보셨다.

"왜 비계를 안 먹는 거예요?"

"제가 물컹한 식감을 좋아하지 않아서요. 그래서 항정살도 싫어하고 곱창도 안 먹어요."

"살과 비계가 적절히 배합된 질 좋은 고기를 안 먹어 봐서 그럴 거예요. 괜찮은 국밥집 있는데 점심에 같이 가볼래요?"

국밥도 좋아하지 않고 비계도 좋아하지 않는 내게 팀장님이 제안하셨다. 둘러댈 핑곗거리가 떠오르지 않아 팀원들과 하는 수 없이 따라 나섰다. 도착한 국밥집은 생각했던 것과 분위기가 달랐다. 흡사 스터디 카페를 연상시키는 가게 안은 조용히 앉아 자신 앞에 놓인 국밥을 온전히 즐기는 분위기였다. 깔끔하고 군더더기 없는 인테리어와 성실하고 강직한 인상을 풍기는 사장님이 호감이었다. 테이블마다 따뜻한 보리차가 한 잔씩 나왔다. 얼마 뒤 투명한 국물에 살결이 야들야들한 고기가 가득 든 놋그릇이 놓였다. 고기를 따로 찍어 먹을 수 있도록 양념장도 종지에 담겨 나왔다.

국물은 채소 육수라고 해도 믿을 정도로 깔끔한 맛이었다. 물리지 않고 술술 들어갔다. 기름 한 점 떠 있지 않은 깨끗한 국물에 약간의 비계가 붙은 고기는 잘 어울렸다. 일반 돼지보다 훨씬 작은 품종의 돼지라서 식감이 다르다고 먹는 내내 팀장님의 설명이 이어졌다.

고개를 끄덕이며 한 귀로 들으면서도 내 손은 쉴 새 없이 숟가락을 놀리고 있었다. 식감이 쫄깃한 약간의 비계는 살코기와 따로 놀지 않았다. 물컹보다는 말캉 혹은 말랑에 가까워 물리지 않았다. 어느새 난 비계가 붙은 고기를 전부 다 먹었다. 줄곧 비계는 느끼하고 맛없는 것이라는 편견을 갖고 있던 나에게 새로운 인상을 준 음식이었다.

숟가락 가득 국밥을 떠먹는 나를 보며 흡족하게 미소 짓던 팀장님 얼굴에 안도의 빛이 스쳤다. 깨끗하게 비워 낸 그릇을 보며 팀장님이 말씀하셨다.

"거봐요. 비계도 맛있을 수 있죠."

"그러게요. 제가 처음 경험했던 고기의 비계 부분이 맛없었다고 해서 모든 고기의 비계가 맛없는 건 아니었네요."

"그래서 최상의 경험을 해봐야 해요. 그 음식이 가진 최고의 맛을 구사하는 곳에서 먹고 판단해도 늦지 않아요."

그러면서 덧붙이는 팀장님의 한마디.

"초밥도 안 좋아한다고 했죠? 진짜 맛있는 초밥을 먹어 보면 생각이 달라질 걸요?"

그 말에 난 이견을 달지 않았다. 국밥이나 돼지비계는 먹지 않는다던 내가 자발적으로 비운 그릇을 보며 자중하기로 했다. 초밥은 맛이 없다며 기존의 입맛을 고집하는 건 섣부른 판단이라는 예견이 들었다.

첫인상은 꽤 오래 마음에 남거나 공고하게 각인된다. 첫인상이 나빴던 사람과는 일부러 거리를 두거나, 한입 먹어보고 맛없던 음식은 쳐다보지도 않는 경우가 많듯이. 그러나 한 번의 경험으로 모든 것을 판단하는 건 무리가 있다. 비계는 다 맛이 없다는 편견이나, 초밥은 내 입맛에 안 맞는다라는 생각도 지나 온 과거의 기억일 뿐이다. 그 인상은 또 다른 장소에서 새로운 방식으로 만났을 때 다르게 다가올 수 있다. 그럼에도 편견 때문에 최상의 경험을 할 기회를 무심코 놓쳐 버린 적이 많지 않았나. 부정적이었던 기억에 매몰되어 새로운 것을 시도하지 않는 경직된 마음이 그날 먹었던 돼지국밥을 통해 말랑해지고 조금은 유연해졌다.

지금 내 생각은 얼마든지 달라질 수 있다. 한 번의 경험은 중요하지만, 그 경험이 전부가 되어서는 안 된다. 음식이든 새로운 일이든 시도하는 게 중요하다.

입맛이 까다로워서 가리는 게 많은 편이다.

그러던 어느날, 회사에서 팀장님이 팀원들에게 점심을 제안하셨다.

국밥도 싫어하고, 돼지 고기 비계도 먹지 않아서
내키지 않았지만 어쩔 수 없이 가게 됐다.

그러나 막상 가보니 의외로 국밥은 맛있었다.

크로와상을
닮은 나

빵은 좀처럼 질리지 않는다. 무언가에 쉽게 질리지 않는 내 기질 때문일 수도 있지만 빵이 여러 얼굴을 갖고 있기 때문이기도 하다. 한식이나 중식만큼이나 종류나 모양도 다양해서 먹을 때마다 새롭다. 자기 색이 드러나지 않는 조용한 빵이 있는 반면 누구에게든 주목받고 싶어 하는 화려한 모양과 색을 갖춘 위트 있는 빵도 있다. 바삭바삭하거나 부드럽거나 쫄깃하거나 말랑하거나, 식감도 다채롭다.

맛있게 구워 낸 빵은 고기에 견줄 만큼 맛이 좋아서 한입 베어 물면 오늘의 식사가 꽤나 괜찮다는 만족스러운 포만감을 느끼게 한다. 에쿠니 가오리는 《부드러운 양상추》에서 자신이 과자보다 빵을 닮은 여자라고 생각한다고 말했다. 그렇다면 나는 어떤 사람일까. 나는 빵을 사랑하는 여자에 가까운 거 같다. 빵과 대등한 위치에서 나를 보며 빵을 취미로 즐길 줄 아는 사람이다.

누군가 내게 취미가 무엇이냐고 묻는다면 빵을 먹는 것이라고 답한다. 그만큼 빵을 좋아하다 보니 이 주제로 이야기를 할 행운이 주어지면 답지 않게 진지해지고 만다. 때론 친구를 소개하듯 정감 있게 빵집을 소개한다.

빵이란 내게 그런 것이다. 일상의 일부이자 위로이며 즐거운 유희거리이자 호기심과 추억을 동시에 갖춘 존재. 추억으로 찾게 되는 빵도 있지만 새로운 빵 맛을 찾는 것에도 관심이 많다. 새로운 빵을 먹어 보는 것을 두려워하지 않게 된 이후로 호기심을 유발하는 빵을 발견하면 놀잇감을 발견한 아이처럼 신이 난다.

언젠가 학원에서 근무할 때 동료가 내게 좋아하는 빵이 뭐냐고 물은 적이 있었다. 한창 크로와상 생지를 에어프라이어에 구워 먹는 아침 식사에 빠져 있을 때였다. 좋아하는 빵들이 머릿속에서 줄지어 떠올랐지만 고심 끝에 크로와상이라고 답했다.

"역시 선생님은 공주 같은 빵을 좋아하네요."

동료의 말에 나는 놀랐다. 크로와상에 갖고 있는 인상이 공주 같다는 것도 뜻밖이었지만, 공주 같은 빵과 나를 치환시켜 인식하는 건 의외의 평가였다. 빵을 즐겨 먹지 않는 이의 시선에서는 크로와상의 갈색 빛과 완만한 곡선, 층층의 주름이 부드럽고 섬세한 인상을 주는 모양이다. 얇은 레이스 천을 여러 겹 덧댄 공주의 드레스와 크로와상의 주름이 닮았다고 생각할 수도 있겠다 싶었다.

  크로와상의 겉모양이 브런치나 모닝 커피에 어울리는 우아하고 차분한 인상이지만 자주 먹어 본 사람이라면 잘 알 것이다. 품격을 잃지 않고 예쁘게 먹기엔 파사삭 부서지는 가루의 흩어짐을 쉬이 관리하기가 어렵다는 것을. 특히 침대에서 뒹굴거리며 먹으려는 시도는 위험하다. 침대 위에서 책을 보며 크로와상을 먹다가 흰 시트에 가루들이 떨어져서 청소하느라 낭패를 본 경험이 있다.

  크로와상은 풍성한 맛을 자랑하지만 뒷정리를 요하는 까다로운 빵이다. 이러한 크로와상의 민낯을 몰랐던 동료는 크로와상을 공주 같은 빵으로 인식했고, 친분이 두텁지 않았기에 나에게 공주 같다는 관대한 평가를 내렸을 것이다. 실상은 여성스러움과는 거리가 먼 나였지만 친하지 않은 이들 앞에서는 어쩔 수 없이 조용해서 얼떨결에 여성스러운 인상을 남겼을 수 있다.

　공주 같은 크로와상을 닮은 나.

　그런 말을 들었다고 친한 이들에게 말한다면 어이없어할
지도 모른다. 말도 안 된다며 비웃거나 농담거리로 취급받을
것이 뻔하다.

　곰곰이 생각해 보면 동료의 말에 타당성이 있기도 하다.
크로와상은 깔끔하게 먹기 어려운 빵이라 물티슈가 꼭 필요
한데 간편하게 먹을 수 있는 단팥빵이나 베이글과는 다른 타
입이다. 이것저것 주변에서 챙겨 줘야 하는 타입을 공주과라
고 표현하듯 크로와상은 빵 중에서는 손이 많이 가는 게 분
명했으니 여러모로 공주 같기도 하다.

　그렇다면 나는 어떠한가 다시 생각해 본다. 나란 사람은
실생활에 필요한 기술이나 정보를 많이 알고 있지 못했고,
알뜰살뜰하거나 야무진 것과는 거리가 멀다. 어찌 보면 크로
와상과 같은 피곤한 타입으로 볼 가능성도 있다. 이것저것
챙겨 줘야 한다거나 조언을 해줘야 하는 부분들이 꽤나 있는
편이다. 이 지점까지 생각이 미치자 직장 동료의 말을 처음
과는 다르게 받아들였다.

　내가 공주 같다고? 난 그리 여성스럽지 않은데!

이런 생각에서 나의 민낯을 꿰뚫은 것인가 하는 진지한 고찰을 하게 됐다. 뭐, 그렇지만 어떠한가. 크로와상은 맛있으면 그만인 것을. 어딘가에 가루가 흩어진다 해도 깨끗이 닦아 내면 된다. 그런 수고쯤은 얼마든지 감수해도 될 만큼 크로와상은 맛있다. 생활에 필요한 지혜나 생활력이 부족한 나도 누군가에게 조언을 들으며 부족한 부분을 채워 가면 되는 것이니 나쁘지 않다.

3 ── 마들렌 정도의 달콤함

《상실의 시대》의 미도리를 떠올리면
딸기 쇼트케이크가 먹고 싶어진다.
한 조각 먹으면 미도리가 꿈꾸던
사랑의 꿈에 도달할 수 있을 것만 같다.
창문 밖으로 케이크를 집어던지겠다는 그녀의
되바라진 말과 자유분방함이 무조건적으로
사랑스럽게 느껴지는 걸 보면 나의 이상형도
이유 없는 필연적 사랑을 줄 연인이 아닐까.

관계는
기대를 내려놓는 과정

통화하던 중 엄마가 말했다.

"기대하지 마. 기대한 만큼 실망하게 된다."

담담한 엄마의 말엔 숱하게 걸었던 기대가 실망으로 바뀌었던 지난한 과정이 느껴진다.

엄마는 부부 관계에서 남편에 대한 기대를 내려놓은 지 오래였고 관계를 끊어 낸 뒤 숨통이 트인다 했다. 졸혼으로 자유의 결실을 얻기까지 엄마가 오래도록 겪었던 마음 고생을 알기에 그 말에 수긍했다.

어렸을 때부터 긍정적인 사람은 아니었다. 어떤 상황에 부딪히든 최악을 머릿속에 떠올렸고, 갈등이 일어나면 적극적으로 대화를 시도하기보다 미안하다는 말로 넘겼다. 끝을 예

견한 뒤 일정한 거리 두기를 통해 마음을 단념하는 데 익숙
했다. 누군가와 시시비비를 가리며 싸우는 건 불필요한 감정
노동이었다. 애초에 대화가 통하는 사람이었다면 내게 이런
고민을 안겨 주지 않았을 것이다.

나는 내가 어떤 상황에든 초연함을 잃지 않는 사람인 줄로
만 알았다. 그러나 그 모습은 상처받거나 실망하고 싶지 않
아서 만들어 낸 작위적인 초연함이었다. 기대가 실망으로 바
뀌었을 땐 합리화를 하곤 했다.

'역시나 사람한테는 기대를 거는 게 아니야.'

의연하게 굴어야 한다는 강박의 저변에는 나의 기대가 상
대에게 피곤과 부담을 줄지도 모른다는 불안이 존재했다. 스
스로 초연함을 잃지 않기 위해 의식적으로 노력했다. 상대를
옭아매지 않고 기대를 낮추기 위해 애쓴 걸 보면 나란 사람
은 내면까지 초연하지는 못한 것 같다. 신경 쓰지 않는 척, 괜
찮은 척 연기를 했을 뿐이다. 의연한 척 행동하다 보니 내가
느끼는 감정을 점점 더 말할 수 없었다.

말하지 않고 쌓인 감정의 응어리는 내가 감당할 몫이었다.
상대와 나 사이에 균열이 생기거나 의견 차이를 좁힐 수 없
다고 느낄 땐 불만과 슬픔을 천천히 숙성시키며 그에 대한

애정이 소진되기를 기다렸다. 당장은 내 일상에 깊게 침투한 그 사람을 뿌리째 뽑아 버릴 자신이 없었다. 허기진 마음엔 임시방편으로라도 소거될 애정을 채워 넣어야 안심이 됐다. 설령 용기 내서 내 심경을 토로해도 돌아오는 건 비난인 경우가 많았다.

너는 나한테 어땠는데, 네가 나한테 해준 건 뭔데, 넌 날 위해 뭘 해줄 수 있는데.

처음에는 그 반응이 당혹스러웠다. 내가 상대를 배려해 주지 못했는지 천천히 되짚어 보았다.

내가 실망하고 상처받은 만큼 그가 겪는 고통도 분명 있었다. 감정은 공명하는 거라 내가 관계에 불만을 느끼면 상대도 불안과 근심을 겪는다. 단지 누가 먼저 갈등의 줄기를 외부로 끌어내서 종지부를 찍느냐의 문제다.

갈등의 직면이 싫어서 무마했던 일들은 상대에게 상처였고, 내가 그 사람을 헤아리지 못한 지점에 대해서도 인지하게 됐다. 기대감을 내려놓는 데 힘쓰며 의연한 척 연기하는 것보다 중요한 건 나의 본모습을 대면하고 솔직하게 드러내는 시도였다. 내가 진짜 바랐던 건 단절되고 실망하고 상처받는 게 아니었으니까.

기대하지 않겠다는 건, 상처받는 게 두렵다는 외침이고 입을 다물었던 건 갈등에 대한 두려움의 회피였다. 나의 유약함을 마주하는 건 힘들지만 의연해지고 싶어서 애쓰는 것조차 나의 일부였기에 인정하기로 했다.

관계에서 중요한 건 기대를 내려놓는 것이라는 생각에 변함은 없다. 내가 바라는 만큼 나 또한 그에게 정서적·생활적 만족을 주었는가에 대해 돌아보면 막연한 기대와 실망에 매몰되지 않을 수 있다.

기대가 없는 상태는 달리 말하면 체념이다. 여기서 말하는 체념은 절망적이거나 부정적인 의미가 아니라 긍정성을 갖는다. 상대가 채워 줄 수 있는 만족감을 최소치로 잡고 내려놓으면 상심하지 않을 수 있다. 지나친 기대감으로 인해 관계를 망가뜨릴 위험을 제어하고 조절하는 게 긍정적인 체념이다.

내가 건네 줄 수 있는 애정의 허용치를 무리하게 잡지 않는 것도 중요하다. 상대의 마음이 어느 지점에 있는지 모른 채 앞뒤 가리지 않고 애정을 쏟는 건 자신에게 상처로 남는다. 상호교류적 애정이 아니라 혼자만의 진심을 쏟는 행위는 건강하지 못하다.

엄마도 아빠에게 남편 역할에 대한 기대를 내려놓는 데에

20년 이상 걸렸는데 나는 얼마나 많은 시간과 경험이 필요할까? 좀 더 빨리 내려놓고 긍정적인 체념의 상태를 유지하고 싶다. 기대할 게 없고 무엇에도 동요하지 않는 평온한 상태. 누구라도 나를 지배하지 못하며 관계에 대한 고민으로 열병 앓듯 아프지 않았으면 좋겠다. UV의 '쿨하지 못해 미안해'라는 노래처럼 협소하고 알량한 자존심도 결국 나라는 걸 순순히 인정한다. 난 의연한 척 굴지만 결코 초연한 사람이 아니다. 여전히 체념과 초연함 그 사이에서 헤매고 있다.

관계에서 상처받지 않기 위해서 기대를 내려놓고
적당한 거리를 두기 위해 애써 왔다.

그건 기대가 실망으로 바뀌는 게 두려워서
공고하게 쌓아 올린 나의 방어기제였다.

내가 되고 싶은 사람은….

그럴 거면
결혼하라는 말에 대한 답

주변에 나이가 있는 선배나 어른이 많다. 그들은 내게 '넌 좋은 때야, 예쁜 나이야'라는 말을 자주 했다. 늘 예쁜 나이일 줄로만 알았던 나는 최근에서야 나이를 의식하게 됐다.

너 내년이면 서른이야.

그 말이 인생의 결말이 머지않았음을 뜻하는 선고처럼 느껴졌다. 앞자리가 2에서 3으로 바뀐다는 건 세상을 어느 정도는 경험했다는 인장을 받는 것만 같아 두 어깨가 묵직했다. 살아 온 날이 쌓이는 것만큼 성숙과 경험이 농익은 건 아니었으나 더 이상 나이가 어려서 그럴 수 있다는 너그러운 시선을 받기 어렵다는 걸 인지하고 있었다.

서른이 지나면 난소 기능이 저하되어 임신에 어려움을 겪을 수 있으니 빨리 결혼하는 게 좋다는 조언을 듣기도 했다. 그러나 임신과 육아 계획이 없는 나로서는 그러한 충고에 위기감을 가질 이유가 없었다. 난소의 기능이 저하될지언정 내 마음은 푸르렀다.

드라마에서 그려지는 서른 살의 여자를 보는 시선도 어딘가 불편하다. 마치 여자 나이 서른은 철 지난 봄처럼 묘사되는 걸 심심찮게 볼 수 있다. 10여 년 전 인기를 끌었던 드라마 〈내 이름은 김삼순〉이나 〈달자의 봄〉에 나온 주인공들이 딱 서른이었다. 그들은 팔리지 않고 매대에 남아 있는 떨이 취급을 받았다. 그때뿐 아니라 지금도 서른 살 여자에 대한 시선은 성숙과 정착을 강요한다.

〈아직 낫 서른〉이라는 드라마도 서른 살 여자의 커리어와 연애를 주목해서 보여 준다. 서른 살의 여자가 어떻길래 콕 집어 서른의 여자에 대한 이야기를 수두룩하게 하는 걸까 싶다. 물론 드라마의 시청자 대부분이 2030 여성이라 그렇다고 볼 수도 있으나 여자 서른에 대한 사회적 시선엔 고정적인 프레임이 존재하는 것 같다.

스물아홉인 내가 드라마 속 주인공과 같은 서른을 고지에 두고 느끼는 건 '무려 서른이라니'가 아닌 '고작 서른이라니'

정도. 내년에 서른이 된다고 세상이 무너지거나 하늘이 꺼지는 게 아니며 없던 기미나 주름이 두세 줄 생기는 것도 아니다.

소개팅 시장에서 전보다 승률이 떨어진다는 것만 빼면 20대의 나와 30대의 나는 다를 게 없었지만 주변 사람들의 걱정어린 시선에서 잊고 있던 나이를 상기하곤 했다.

난자의 노화에 대한 염려나 결혼 질문들이 폭격처럼 쏟아질 땐 지금까지 살아 온 삶이 잘못되었나 싶은 회의에 빠지게 된다. 나와 비슷한 나이대의 다른 여자들과 비교했을 때 돈을 얼마나 모았는지, 어느 정도의 연봉을 받는지, 결혼 준비는 되었는지에 대해 캐묻는 상황은 떠올리는 것만으로도 숨이 막힌다. 그 질문의 전제에는 서른 살 여자의 삶은 결혼으로 귀결되는 게 당연하다는 의미가 깔려 있다.

남자친구가 있는 친구들도 어느 정도 교제가 지속되면 주변에서 이런 질문은 꼭 한 번씩 듣는다고 한다.

그래서 결혼은 언제 할 거야?

나 또한 그런 이야기를 피해갈 수 없다.

결혼을 하지 그래? 언젠가 해야 할 거, 미룰 거 뭐 있어?

어차피 저녁 메뉴 시키는 김에 디저트 하나 추가하지, 정도의 가벼운 어투다. 결혼을 운명적 상대와의 결합이라고 생각할 만큼 낭만을 꿈꾸진 않지만, 결혼 적령기에 들어섰으니 당연히 해야 하지 않느냐는 말은 불편하다.

어느 나이에든 반드시 해야 하는 '의무'라는 건 없으며 상황과 가치관에 따라 결혼 역시 선택일 수도 아닐 수도 있다고 여긴다. 결혼은 현실이며 이를 위한 자금 마련이 되었냐는 질문에 그렇지 않다고 답하지만, 이를 나의 과오나 약점이라 여기지 않는다. 경제관념을 갖고 착실하게 저축하는 습관을 어렸을 때부터 갖지 못한 건 아쉽지만, 단 한 순간도 그 저축의 목적이 결혼 자금 마련이어야 한다고 생각한 적은 없다. 전세 자금을 모아 다달이 나가는 월세를 아끼는 게 좋지 않겠느냐는 조언에는 고개를 끄덕이지만, 결혼 자금을 준비하지 못한 통장 잔고로 비난받는 건 동의할 수 없다. 결혼을 미래 계획으로 두고 있는 사람들과 같은 선상에서 본다면 내가 아무것도 준비되지 않은 존재일 수 있지만, 영화 〈기생충〉의 명대사처럼 '나는 나만의 다른 계획이 있다'.

사회적 시선이나 주변인들의 기대에 부합하기 위해 애쓰는 건 무척이나 피곤하다. 그 정도 나이면 결혼 자금을 마련하고, 높은 연봉을 받고, 전셋집 정도는 살아야 한다는 기준 사이에서 나 자신은 자꾸만 작아진다.

"꼭 그래야 하는 게 어디 있어, 하고 싶지 않으면 안 하는 거지."

주변의 지인분이 한 말이다. 하고 싶지 않다면 안 해도 된다는 말이 내 고민을 단번에 날려버린다. 굳이 작아질 필요도, 의기소침해질 필요도 없구나 싶다.

여러 디저트 카페를 찾아다니는 걸 좋아하는 나는 먼 곳이라도 가고 싶은 빵집은 기억해 두었다가 꼭 방문한다. 물론 한 시간 이상 걸리는 장거리를 오직 빵을 먹기 위해 간다는 건 귀찮을 수 있지만 그럼에도 그 여정은 여행처럼 즐겁다. 좋아하는 것을 하는 데 시간 효율 같은 건 따지고 싶지 않다. 누군가를 만남에 있어서도 거창한 이유가 필요할까.

어떤 만남이든 귀결이 결혼이어야만 핑크빛 미래가 아니다. 누군가는 그런 삶을 꿈꾸겠지만 나의 가치엔 중대한 우선순위에 있지 않은 일이다. 난 내 욕망과 삶이 중요하며 가정이나 육아를 위한 희생이나 단란하고 화목한 가정을 꾸리는 것에는 구체적 계획이나 관심이 없다.

내가 지금 누군가를 만나는 건 결혼도, 난자가 노화되기 전 빨리 아이를 낳아야 한다는 미션을 클리어하기 위함도 아니다. 세 시간 이상 걸리는 거리를 달려가 그를 보는 건 순수한 애정을 기반으로 한다. 함께할 때 행복하기에 시간과 돈이 아깝지 않다. 좋아한다는 이유 하나로 기꺼이 감수할 수 있다. 맛있는 빵을 맛보기 위해 먼 거리에 있는 빵집을 구태여 찾아가는 귀찮음을 감수하는 것과 마찬가지로.

결혼을 포함한 어떠한 선택도 내가 원해야 한다. 자발적 선택이 아닌 주변의 압박에 의한 어쩔 수 없는 선택은 건강하지 않다. 그럴 거면 결혼하지가 아니라 그럼에도 결혼해야겠다 싶은 사람과 하는 결혼이 행복하다.

가혹하고 까다로운 서른의 프레임에 갇히고 싶지 않다고 말하지만 나 또한 몸의 변화와 눈가의 주름을 피할 수 없을 것이다. 시간을 역행하여 청춘을 되돌릴 수는 없겠지만 흘러가는 시간 안에서 내 행복을 기준으로 무언가를 택하려 한다.

앞으로도 내가 삶에서 무언가를 선택할 때의 기준은 카페에서 빵이나 디저트를 고를 때와 다르지 않을 것이다. 갓 구운 빵을 먹기 위해 수고스러운 여정을 기꺼이 가듯 즐거움과 행복을 위한 선택을 거듭할 것이다.

두렵지만
무너져야 할 때가 있지

"미래에 우리는 어떻게 될 것 같아."

상대가 물었을 때 그 질문에 낙관적인 대답을 하지 못했다. 우리는 이십대 초반의 순수를 잃어버린 지 오래였고, 어떠한 미혹에도 넘어가지 않는 사십대의 겸허함과 여유를 갖추지도 못했다.

"오늘 좋더라도 내일 헤어지는 게 이상하지 않은 게 연인 관계야. 그러니 그 질문 자체는 의미가 없어."

내 말에 그는 우리 사이의 노력 여하에 달려 있지 않겠느냐고 반문했다. 서로의 노력으로 미래가 달라질 수 있다는 그의 말을 난 진지하게 듣지 않았다.

관계의 틈새는 글자의 행간이나 자간과 다르다. 문서 편집

할 때처럼 마음대로 좁히거나 넓힐 수 없다. 내가 한없이 노력한다고 해서 우리의 다름이 무마된다거나 균열의 이음새가 채워지지 않는다. 관계의 균열을 고뇌할 땐 〈먹고 기도하고 사랑하라〉의 기나긴 여행을 떠올린다.

줄리아 로버츠가 주연한 〈먹고 기도하고 사랑하라〉는 오후와 저녁 사이, 저무는 노을과 잘 어울린다. 한 가정의 아내이자 사랑스러운 연인이었던 리즈가 주체적인 여성으로 변화하는 과정을 섬세하게 포착하였다. 무겁지 않고 은은하게 마음을 울리는 지점들이 있으며 맛있는 이탈리아 요리를 먹고 싶게 만드는 작품이기도 하다.

리즈는 자아를 찾기 위한 1년간의 여행을 떠난다. 여행 중 리즈는 연인 데이빗이 했던 말을 곱씹는다. 데이빗은 이별을 고민하는 리즈에게 '우린 서로에게 감내하기 힘든 부분이 있지만 참고 가자'고 말한다. 함께 있을 때 갈등으로 겪는 상처보다 이별 후의 아픔이 더 클 테니 힘들어도 어떻게든 관계를 지켜 나가자는 게 데이빗의 설득이었다. 그 말을 곱씹던 리즈는 여행 중 본 아우구스테움이 전쟁으로 인해 현재는 폐허로만 남아있던 모습을 떠올린다. 영원히 빛나는 영광을 누릴 것만 같은 도시의 건축물조차 무너지고 변한다는 것은 리즈에게 균열이 간 연인 관계를 돌아보는 계기로 작용했다. 리즈는 결심이 선 얼굴로 우리는 각자의 길을 가야 변화할 수 있으며 두렵더라도 무너지는 과정이 필요하다는 내용의 메일을 데이빗에게 보낸다.

리즈는 여행하며 자신이 상대에게 걸었던 기대와 집착이 스스로를 불행하게 만들었다는 사실을 깨닫는다. 연인의 부재가 두려워 헤어짐을 유예하는 관계는 끊어 내야 한다는 것을 리즈는 자각한다.

공들여 쌓은 애정이라도 서로를 힘들게 할 땐 과감하게 무너뜨리는 결단이 필요하다. 그게 서로를 위해 더 나은 결정임을 아는 것. 이것을 판단할 이성과 아니라는 것을 알았을 때 끊어 낼 줄 아는 냉정한 실행력이 있으면 좋겠다.

리즈의 고뇌와 이별, 사랑을 찾아 나가는 여정을 내게 비춰 보며 바랐다. 진심이 닿는 지점까지 최선을 다하되 권태로움이 만연한데도 억지로 관계를 이어 가지는 말자고.

허울 좋은 관계를 이어 나가는 것보다 지금 이 순간 최선을 다해 사랑하며 내 감정에 충실한 것이 중요하다. 누군가와 연애하다 결혼하는 걸 사랑의 당연한 결실처럼 인식하지만 모든 사랑의 결론이 같을 수는 없다. 언제든 인연은 끝날 수 있다. 생각의 변화와 차이로 인해 갈등을 겪기도 하고, 끝

내 타협점을 찾지 못하면 마침표를 찍는다.

우리는 아직까지는 함께하고 있지만 언제 헤어지더라도 놀랍지 않다. 지금 우리가 이어져 오고 있다는 사실과 그 안에서 교감할 지점이 있다는 믿음이 관계를 잇는 연결고리가 된다. 그 고리의 결속력은 단단한 게 아니라 언제든 끊어질 수 있지만 아직까지 애정을 기반으로 연결되어 있다는 사실이 소중하다. 난 미래의 우리를 생각하지 않는다. 흘러가는 대로 가다 보면 어느 지점에 가닿게 될 것이라는 걸 안다.

영화 〈라라 랜드〉의 미아는 연인 세바스찬에게 물었다.

"우린 지금 어디쯤에 있는 거지."

세바스찬은 어떠한 결론과 답을 제시하지 않는다.

"그냥 흘러가는 대로 가보자."

변치 않는 진심이나 영원한 사랑은 감히 입에 올리지 않으려 한다. 상대가 내게 그런 말을 할지언정 일순간 내게 몰입하여 뱉어 낸 말이라는 걸 알기에 어이없는 기대나 망상은 하지 않는다.

우리의 목적은 관계의 지속성에 있지 않다. 흘러가는 시간에 맡겨 두면 어느 지점에서 각자의 길을 갈 수도 있고, 함께 나아가는 행운을 누릴지도 모른다. 어떤 결과든 간에 그 끝에서 상대가 나를 좋은 기억으로 간직하면 좋겠다. 그가 좋아하는 어느 계절 알맞은 온도의 바람과 햇살처럼 따사로운 기억으로.

영화 〈먹고 기도하고 사랑하라〉에서 좋아하는 장면 중 하나.

이탈리아 여행 중 리즈가 데이빗에게
이별의 메일을 쓰는 장면이다.
리즈는 데이빗이 했던 말을 회상하는데,

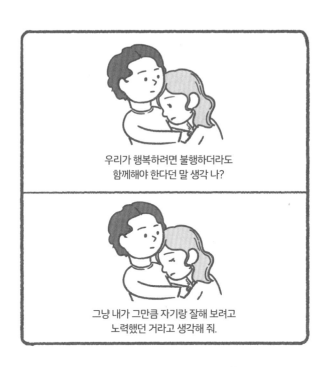

우리가 행복하려면 불행하더라도
함께해야 한다던 말 생각 나?

그냥 내가 그만큼 자기랑 잘해 보려고
노력했던 거라고 생각해 줘.

폐허는 선물이라…
새롭게 시작하기 위해서는
전복이 필요하다는 뜻이겠지.

리즈는 새롭게 시작하기 위해서는 기존의 인연이나 자신이
쌓아 온 것들이 무너지는 것에 연연해선 안 된다는 사실을 깨닫는다.
영화를 보고 난 뒤 난 내가 버리지 못하는 것들에 대해 생각했다.

딸기 쇼트케이크
한 조각

    카페 진열장에 놓인 케이크 중 유독 먼저 눈이 가는 게 있다. 바로 먹음직스러운 딸기가 생크림 사이에 폭 안겨 있는 딸기 쇼트케이크.

    시트 사이사이 생크림과 잘린 딸기가 든 먹음직스러운 단면의 모양새는 생크림을 좋아하지 않는 나도 먹고 싶은 충동이 일게 한다. 달콤한 딸기 쇼트케이크 앞에서는 어김없이 연상되는 한 사람이 있다.

    《상실의 시대》의 미도리다. 그녀가 사랑에 대해 논할 때의 눈빛과 표정은 생딸기처럼 풋풋하고 신선하며 생동감이 있다. 그래서 딸기 쇼트케이크를 마주하면 어김없이 미도리가 논했던 사랑론을 떠올린다.

그간 별로 사랑받지 못했냐는 질문에 미도리는 '충분하지 않다와 부족하다의 중간 정도'라고 답한다. 나는 어떨까. 난 사랑에 있어서 기준이 높은 편에 속하기에 미도리의 말에 동감한다. 사랑에 대해 논한다면 나도 꽤나 할 말이 많다.

"사랑에 기대가 높은 만큼 만족할 만한 사랑을 받았다고 생각한 적은 없어요. 기대는 늘 실망으로 변했어요. 나를 아끼는 사람, 내가 어떤 행동을 하든 이 사람만큼은 날 버리거나 떠나지 않을 거라든가, 시간과 함께 무색하게 변해 버릴 거라는 불안이 조금도 들지 않는 사람을 만나고 싶었어요. 그런 사랑을 꿈꿨으니 아직까지 외로운 거겠죠."

나는 피식 웃으며 말할 것이다. 그러한 사랑을 받기 위해 어떠한 노력을 했느냐고 묻는다면, 나는 끊임없는 만남과 실망을 반복했다고 덧붙일 것이다. 내가 원하는 사랑의 조건이 까다롭다는 걸 알고 있다. 그러므로 아직까지 만나지 못했다고 절망할 필요는 없다. 흔치 않고 귀하니 얻는 게 어려운 건 당연하며, 쉽게 얻을 수 있다면 내가 이렇게 고민하지도 않을 것이다.

내가 원하는 사랑의 모습을 제일 완벽하게 표현한 건, 미도리의 대답이다. 그래서 누군가 사랑에 대한 나의 기대와 가치를 물으면 어김없이 미도리를 이야기한다.

미도리가 말하는 사랑은 아이의 천진함을 지녔으나 제멋대로인 구석이 있다. 마음 내키는 대로 하고 싶다고 말하던 미도리는 선배에게 꽤나 진지하게 설명한다. 자신이 딸기 쇼트케이크가 먹고 싶다고 말해서 선배가 사서 주면 이젠 먹고 싶지 않다며 싫증 난 얼굴로 케이크를 창문으로 던지고 싶다고. 엉망이 된 케이크를 보며 상대가 화를 내기보다 다른 케이크를 좀 더 준비하지 않은 경솔함을 사과하는 게 사랑이라는 게 미도리의 논리다.

미도리의 대답을 이해할 정도의 남자라면 사랑을 할 충분한 자격과 마음이 준비됐다고 할 수 있겠지만 일반적으로 그런 사람을 찾는 건 쉽지 않다. 그 말에 대한 선배의 반응은 어이없다는 눈치였다. 일반적인 남자의 반응이다. 미도리의 말에 대부분은 시답잖은 소리라며 핀잔을 줄 것이다.

미도리가 말한 것과 같은, 자신이 바라는 걸 마음대로 할 수 있는 사랑을 하고 싶은 거냐고 묻는다면 난 어김없이 고개를 끄덕이며 망설임도 없이 대답할 것이다. 그런 사람이라면 기꺼이 사랑에 빠질 수밖에 없을 거라고. 원하는 사랑의 형태는 어떤 거냐고 거듭 묻는다면 난 나만의 대답을 준비해서 말하겠다.

"미도리가 추구하는 사랑이 상대에 대한 배려 없이 일방적인 애정을 원하는 게 아니냐고 말할 수도 있지만 사랑이라는 가치에는 어떠한 이유와 조건도 없다고 생각해요. 연인 관계에서 존중과 배려로 이루어진 수평적 관계라는 건 너무도 이상적이라 교과서나 드라마에서 찾아볼 수 있는 것 아닐까요. 이런 관계는 친구 사이에서조차 찾기 힘들어요.
누군가가 조금 더 배려하고, 조금 더 양보하게 되죠. 전 상대가 저에게 한 발짝 물러서 주거나, 한 발짝 더 가까이 오기를 바랐어요. 사랑하면 그 사람에 대해 알게 되고, 그 앎을 통해 타인이라는 조각이 내 안에 깊이 자리 잡게 돼요. 그 사람을 중점으로 나의 삶이 완전히 재배치되는 놀라운 경험이 시작되는 거예요. 그 안에서는 무엇이든 허용될 수 있어요. 상대에게 호감을 가진 계기가 있을지언정, 그를 사랑하는 데 있어선 이유가 존재하지 않죠. 그저 그녀라서, 또는 그이기 때문에 사랑하게 되는 지점까지 가는 거예요. 그땐 그 마음의 신호가 내 삶에 중요한 징조가 되니 미도리가 딸기 쇼트케이크를 더 이상 먹고 싶어 하지 않는 마음의 변화라든가, 창문 밖으로 던져 엉망이 된 케이크를 봐도 나의 정성이나 배려가 무시당했다는 자존심의 훼손으로 이어지지 않을 거예요. 그저 상대가 더 이상 딸기 쇼트케이크를 원하지 않는다는 것에 대한 미묘한 변화를 알아차리지 못한 자신을 탓하거나, 얼른 상대의 마음을 풀어 줄 다른 대안을 찾고 싶다는 욕구가 먼저 들지 않겠어요? 사랑이란 상대를 앎으로써 내가 기존에 가졌던 생각과 감정의 체계가 완전히 전복되는 과정이니까요. 내 기준과 가치에 대해서 그럴 수 있구나라고 고개를 끄덕여 주면 좋겠어요. 나를 설득하려 하기보다 그럴 수 있다는 이해가 먼저일 수 있는 사람 말이에요. 네가 나를 위해 뭘 해줄 수 있는지 묻기보다 내가 널 위해 뭘 해줄 수 있을지 고민해 주는 이를 만나서 마음껏 사랑하고 싶네요.”

비장한 각오이자, 이상적인 나의 바람이다. 딸기 쇼트케이크를 보며 떠올리는 사랑론.

솔직하다 못해 발칙하고, 지나칠 만큼 사랑에 대해 높은 가치를 논하는 미도리는 언제 보아도 사랑스럽다. 달콤하고 부드러운 딸기 쇼트케이크를 한입 베어 물며 혼자 중얼거렸다.

"내가 미도리였더라면 케이크를 창문으로 던지기 전에 한 입 정도 먹어봤을 텐데."

쇼트케이크를 말끔하게 먹어치우며 언제나처럼 난 미도리와 와타나베의 사랑과 상실의 과정을 점쳤다. 열려 있는 결말에서 그는 어디 있느냐는 미도리의 질문에 분명하게 대답하지 못한다. 자신이 오히려 어디에 있는지를 독자에게 묻듯 끝나는 대목의 여운이 깊다.

그 뒤의 이야기는 나오지 않지만 와타나베는 미도리와의 사랑이 상실로 귀결될 것을 예감하면서도 그녀에게 달려갈 것이다. 알면서도 저지르는 어리석은 실수처럼 사랑이란 내 의도와 무관하게 시작되고 끝난다. 고통스러울 줄 알면서도 와타나베가 미도리와의 사랑을 갈구하는 걸 보면 미도리는 퍽 사랑스러운 여자였음이 분명하다.

미도리의 사랑을 응원하는 나로서는 그녀가 자신이 원했던 사랑을 얻을 수 있으리라는 밝은 미래를 예상해 본다.

그래야만 나도 이상적 사랑을 포기하지 않을 수 있을 테니.

딸기 쇼트케이크를 보면 어김없이
《상실의 시대》의 미도리가 떠오른다.

미도리가 꿈꾸는 사랑의 관계가 성립이 가능할까?
딸기 케이크를 마주하면 어김없이
미도리가 논했던 사랑론을 떠올리게 된다.

마들렌, 공갈빵
그리고 잃어버린 시간

가족 얘기는 하지 말자.

연애를 시작할 때마다 다짐하곤 했다. 매번 다짐이 무색하게도 관계가 시작되면 은연중에 뱉어내는 말에서 가족사가 어느 정도 티가 나는 것 같지만 이 다짐은 20대 중반에 한 친구를 만나고부터 결심했던 바였다.

매사에 자신감이 넘치던 친구였다. 가진 것은 평범해도 자기 힘으로 치열하게 삶을 가꿔 가는 그는 나와는 다른 세계에서 사는 것처럼 보였다. 그 친구가 일궈 낸 결과엔 흠결이 없었고 노력하면 이뤄 내지 못하는 건 없다고 생각하는 사기와 긍지에 매료되었다. 그가 이룬 삶이, 앞으로 이어질 미래의 탄탄대로가 부러웠다. 나 또한 그 친구가 가진 조건에 맞게 천성이 구김 없고 말간 사람으로 보이고 싶었다.

"불우한 가정에서 나고 자라면 내면에 결핍이 있는 것 같아."

가정의 불화로 상처가 깊은 전 연인이 끊임없이 애정을 채
워 달라고 요구했던 게 부담스러웠노라고 그 사람은 말했다.
그 이야기를 듣고 자연히 말을 아끼게 됐다. 함께 있을 땐 행
복하고 좋았지만 나는 그를 통해 내가 지닌 가정환경의 결핍
과 열등감을 상기하게 됐다. 화목하고 단란하진 않았지만 이
정도의 권태와 불안은 평범한 가정에서 누구나 겪었을 거라
여겼다. 친구들에게 부모의 불화와 졸혼을 털어놓을 때 거리
낌 없었지만 그 앞에서는 가족 이야기가 나오면 입을 다물었
다. 내가 가진 그림자를 알아챌까 두려웠고, 솔직하게 털어놓
으면 사랑받을 수 없다는 예감이 들었다.

"계속 만나도 되는지 모르겠어. 좋은데, 대화하다 보면 공
허해질 때가 있어."

그를 만나고 난 뒤 친구들에게 터놓은 내 감정은 이러했다.

"너 나 놓치면 후회할걸."

농담 반 진담 반으로 던지던 그 친구의 말은 내게 더 이상
장난이 아니었다. 누가 봐도 그는 내게 과분할 정도로 괜찮
은 남자였다. 그를 한마디로 표현하자면 오후 4시경 차와 곁
들여 먹는 마들렌 같았다. 바닐라빈이 박힌 고급스러운 마

들렌. 한입 베어 물면 물리지 않는 적당한 단맛이 입안에 감돌 것만 같았다. 두 입 먹고 나면 금세 사라져 아쉬움을 남기는 구움 과자처럼 내겐 퍽 아쉬움과 미련이 남게 하는 맛을 지닌 남자. 그에 비해 난 겉으로는 내실 있어 보여도 막상 속 안은 텅 빈 공갈빵처럼 가진 게 없었다. 위로도 아래로도 적당히 부풀어 올랐지만, 막상 반으로 쪼개면 아무것도 없이 바스러지는 가루였다. 파편화되어 있는 과거 중 그나마 보여줄 수 있는 부분만 적당히 이어 붙여 그럴듯하게 드러내는 게 다였다.

어쩌면 내게 그는 마르셀 프루스트의《잃어버린 시간을 찾아서》에서 주인공 폴이 홍차에 적셔 먹던 마들렌처럼 흘려보낼 시간이자 잠깐의 추억이었던 듯싶다.

그땐 이런 나 자신을 뒤엎고 그에게 어울릴 만큼 깨끗하고 예쁜 모습으로 자신을 새롭게 짜 맞추고 싶었다. 결핍 없이 온전한 사랑을 차고 넘치게 누린 이들에게서 뿜어져 나오는 구김살 없는 여유와 사랑스러움을 갖고 싶었다.

"넌 그림자가 있는 것 같아."

그 친구는 내게 말했다. 숨기려고 애써도 내가 살아 온 시간에서 묻어 나오는 것들을 지울 수는 없었다. 그럼에도 자신의 힘으로 서울에서 혼자 터전을 잡고 씩씩하게 사는 모습이 보기 좋다던 말이 나를 관통하는 유일한 위로가 되었다.

온실 속 화초처럼 예쁜 모습으로 비칠 수 없지만 아무것도 없는 공갈빵으로 치부했던 내 삶을 인정해 주는 그 말 덕분에 지나 온 시간들이 불행하지만은 않았다. 이런 나라도 온진히 사랑하고 인정하는 이유를 갖추는 게 지금의 나를 좀 더 멋지게 만들 수 있는 방법이란 것을 이젠 알고 있다.

달콤한 마들렌이든 텅 빈 공갈빵이든 저마다의 빵이 가진 최상의 맛은 모두 다르다. 내가 가진 구김과 결핍, 쓸쓸한 그림자가 뒤섞인 맛도 나쁘지 않다. 쌉싸름한 그 맛을 즐길 수 있을 만큼 난 어른이 되었으므로.

난 스스로가 텅 빈 공갈빵처럼 아무것도 가진 게 없다고 생각했다.

구김 없이 사랑을 받고 자란 티를 풍기는 사람들을 보면 마냥 부러웠다.

그래서 사람들에게 보이고 싶지 않은 부분이나 약한 점을
숨기기 위해 애를 썼다.

상대가 좋아하는 모습에 나를 끼워 맞추려 애를 썼다.
그게 사랑받는 방법이라고 생각했으니까.

그러나 지금은… 아무것도 없는 공갈빵으로 치부했던 내 삶을
있는 그대로 인정하면서 비로소 마음이 편해졌다.

여름의 맛

　더위와 지루한 장맛비 때문인지 여름은 피하고 싶은 계절이다. 더운 날씨는 껑충 뛰어넘고 곧바로 선선한 가을을 맞이하고만 싶은 마음이다. 여름 더위와 자외선은 기피하지만 여름의 좋은 점을 꼽으라면 좋아하는 과일을 실컷 먹을 수 있다는 것. 달콤한 과일을 마음껏 먹을 수 있어서 이번 여름도 잘 날 수 있을 것 같다.

　아삭한 식감의 백도와 수박을 좋아한다. 입맛 돌게 만드는 아오리 사과 역시 즐겨 먹는다. 매년 여름마다 중대한 의식처럼 세 가지 과일은 빠뜨리지 않고 챙겨 먹는다. 더위에 입맛이 뚝 떨어져도 시원한 과육이 뚝뚝 떨어지는 수박이나 복숭아라면 없던 입맛도 돌아오고 만다.

여름이 시작되면 먼저 하우스 수박을 만난다. 여름의 초입에 자취생의 허전한 지갑 사정에 어울리지 않게 과일만큼은 풍족하게 사서 냉장고에 쌓아 두곤 했다. 특히 수박엔 돈 아까운 줄 모른다. 세숫대야만큼 커다란 수박 한 통을 사서 잘라 두면 여름밤 에어컨 바람 없이도 시원함을 느낄 수 있다.

아삭한 식감, 주룩 흘러내리는 달콤한 핑크빛 즙. 먹고 난 뒤에도 90% 이상 수분이니 살이 안 찔 거라는 이상한 안도감까지 주는 과일이다.

8월로 넘어갈 즈음엔 딱딱한 백도를 고른다. 마트의 진열대에서 어여쁜 색감을 뽐내는 제철 과일은 그냥 지나치기가 아쉬워 한두 개라도 장바구니에 담게 된다. 말랑한 복숭아보다는 단단한 식감에 씹는 맛이 있는 백도를 좋아한다. 아삭함을 중시하는 만큼 까다롭게 복숭아를 고른다. 뽀얀 표면에 솜털이 보송보송 솟아 있고, 손으로 살짝 눌렀을 때 움푹 들어가지 않는 야무진 상태의 복숭아는 무조건 집는다. 이때 부지런히 먹지 않으면 금세 복숭아가 무르게 되므로 바지런히 먹어야 이 계절이 지날 즈음에 후회가 없다.

흔히 먹는 부사는 좋아하지 않아 엄마가 식후에 깎아 줘도 한두 입 먹고 내려놓기 일쑤였지만 아오리 사과는 다르다. 달콤함보다는 새콤함이 지배적인 그 맛은 건강한 추잉 캔디를 먹는 느낌이 든다. 입가에 침이 고이게 만드는 신맛과 산뜻한 색감은 초여름의 이미지를 닮아 있다. 쾌청한 여름과 닮은 과일이라 보는 것만으로도 기분이 좋다. 그 청량한 색은 여름이 왔음을 알려주는 신호탄이 되는 것만 같다.

엄마는 시기마다 내가 좋아하는 먹거리를 택배로 부쳐 주곤 했다. 타지에서 혼자 사는 딸이 걱정되어 먹거리만큼은 풍족하게 보내 주었다. 그 덕에 냉장고가 텅 빈 적이 거의 없다. 겨울엔 잘 익은 곶감이나 늙은 호박을 직접 내린 호박즙을 보내 주기도 했다.

엄마와 통화하던 중 슈퍼에서 샀던 복숭아가 맛이 없다고 투덜거렸다. 그 말을 기억하고 있던 엄마는 며칠 뒤 복숭아 한 상자를 턱 하니 보내 주었다. 상자 속에는 간략한 쪽지도 있었다.

우리 딸이 좋아하는 복숭아. 맛있었으면 좋겠다.

복숭아에 까다로운 내 입맛을 익히 아는 엄마이기에 택배로 부친 복숭아가 내가 원하는 맛이길 바라는 마음이 느껴졌다. 한 줄의 메시지에 마음 한편이 따뜻하게 차올랐다.

꼼꼼하게 싸인 테이프를 칼로 자른 뒤 상자를 열자 흰색 복숭아들이 열 맞춰 있었다. 그 자태는 보는 것만으로도 즐거웠다. 아직 한입을 먹기도 전인데 맛있을 거라는 예감이 든다. 하나씩 포장하여 냉장고에 넣어 둔 뒤 제일 예쁜 놈을 흐르는 물에 깨끗이 닦았다. 잘 여문 과일을 먹기 좋은 크기로 자르자 과즙이 물처럼 흘렀다.

달콤한 복숭아가 여름 내를 풍긴다. 꽃향기를 맡았을 때처럼 향긋한 단내에 취할 것 같다. 하나만 먹어도 든든할 만큼 적당한 크기 또한 마음에 든다.

제철과일을 때에 맞춰 먹는 건 계절과 시간을 느끼는 좋은 방법이다. 뜨거운 태양과 쏟아지는 장대비, 매서운 바람을 견딘 인고의 시간이 단단한 과육으로 결실하여 맛이 좋다. 잘 익은 복숭아를 베어 물면 가슴속에 무언가 수북하게 들어차는 기분이 든다. 엄마가 보내 준 거라 더 맛있고, 이 시기에 제일 훌륭한 맛이라 더 좋다.

달콤한 향과 잘 여문 모양, 자연을 닮은 색.

그 모든 것에 본능적으로 끌리고 만다. 그래서 난 여름 더위는 싫지만 이 더위 속에서 난 여름 과일의 풍성한 맛은 사랑한다.

찰칵.

잘 깎은 복숭아를 찍어서 전송 버튼을 눌렀다.

엄마, 복숭아 정말 맛있어. 고마워.

오늘 아침에도 무기력한 몸을 일으켜 냉장고를 열었을 때, 싱긋 미소 지었다. 냉장고 두 번째 칸에 흰 복숭아가 옹기종기 모여 있다. 엄마의 관심과 사랑이 담긴 복숭아를 보자 마음이 경건해진다. 오늘 아침도 복숭아를 질라 한입 크게 베어 문다. 달콤한 향, 적당한 아삭함. 잠들어 있던 정신이 맑아지는 맛이다.

○○이가
좋아하는 복숭아.
맛있었으면… 엄마

오후의 홍차를
좋아하시나요

보통은 식사할 때도 빼놓지 않고 브이로그나 예능 프로를 챙겨 본다. 먹는 행위 자체에만 오로지 집중하지 못한 채 시선은 화면에 고정되어 있다. 음식을 먹으면서도 생각과 시각은 다른 곳에서 노닐고 있는 것이다. 배달 음식을 시켜 먹든 직접 요리한 음식을 먹든 대접에서 더운 김이 식기 전 어떤 영상을 볼지 정한 뒤 재생 버튼을 눌러야 그날의 식사가 시작된다.

그러나 차를 마실 때는(적어도 이 시간만큼은) 내 시선이 외부로 향하는 걸 막기 위해 영상을 보지 않고 잔잔한 음악을 듣거나 부담 없이 읽을 수 있는 얇은 책을 꺼내 든다.

차를 즐기는 시간만큼은 소란스러운 소음이나 타인의 일

상이 비집고 들어올 틈을 만들고 싶지 않다. 찻잎을 차망에 적당량 넣고 뜨거운 물을 붓는다. 투명한 물을 물들이며 차가 우러나는 광경을 지켜보고 있으면 마음이 차분해진다. 일렁이던 고민도 수초 동안은 정지한 듯하다. 나에게 티타임은 빵을 먹는 것에 견줄 만큼 동등하게 즐거운 일이다.

아무런 고민 없이 좋아하는 차를 마시거나 빵과 어울리는 음료를 고르는 일은 활력과 즐거움을 안겨 준다. 또한 내가 좋아하는 이들을 집에 초대하여 차를 마시는 것도 즐겁다. 그런 때는 귀한 손님을 위해 아끼는 티팟을 꺼낸다. 직접 만든 와플이나 샌드위치와 함께 시원한 차를 트레이에 담아 대접할 땐 기분이 달뜬다. 내가 오롯이 느낀 빵과 차의 즐거운 하모니를 누군가와 공유하는 건 소중하다.

차를 좋아하게 된 건 그리 오래되지 않았고, 차에 대해 진지하게 공부한 건 아니니 전문가다운 박식한 지식은 알지 못한다. 그저 나답게 그 시간을 즐긴다. 향을 음미하고 더운 김이 얼굴로 스밀 때의 따뜻함에 마음이 안온해진다. 입안에 향이 깃든 액체를 깊숙이 머금고 어떤 맛을 지녔는지를 입안에서 공굴려 본다. 찻잎에서 우러나온 짙은 향과 맛이 내 몸과 혈류에도 스며들기를 바라며 한 모금, 두 모금 마시다 보면 빈 잔을 마주하게 된다.

자주 마시는 차는 홍차나 녹차, 히비스커스나 베리류다. 커피를 마시지 않는 나에겐 주 음료가 차일 수밖에 없다. 끓인 물을 한 손으로 티팟에 따를 때의 기분을 표현하면 마치 근사한 어른이 된 것 같다. 달콤하거나 목구멍을 따끔거리게 만드는 청량한 탄산의 맛에 젖어 있던 시절엔 티백을 넣어 우린 물을 왜 마시는지 이해하지 못했다.

카페에서도 차를 시키는 게 어쩐지 손해인 듯하였지만 지금은 자진해서 시키곤 한다. 얼마나 우리느냐에 따라 미묘한 맛의 변주를 느낄 수 있는 것이 차가 가진 매력이다. 커피가 일상을 바삐 보내는 치열한 현대인에게 빼놓을 수 없는 수혈제 같은 느낌이라면 차는 고즈넉한 여유로움을 갖춘 음료 같다.

카페인은 피곤할 때 반드시 섭취해야 하지만 차는 반드시 섭취할 의무가 없다. 자극적이지 않고 물처럼 벌컥벌컥 마셔 흘려 보낸다면 그 맛을 느낄 수도 없다.

굳이 먹지 않아도 그만인 차를 기꺼이 찾아 마시는 이유는 차의 단정하지만 격조 있는 맛을 사랑하기 때문이다. 어떤 향과 맛이냐에 따라 곁들일 수 있는 디저트가 다양하다는 것도 차의 장점이다. 특히 스콘이나 묵직한 당도의 케이크가 잘 어울린다.

　빵을 좋아하는 나에게 차는 실과 바늘처럼 가까이 둘 수밖에 없는 존재다. 클로티드 크림과 딸기잼을 잔뜩 바른 플레인 스콘의 매력에 빠진 뒤로 그와 어울리는 홍차를 찾아 마시게 됐다고 해도 과언이 아니다. 물론 차에 대한 나름의 로망은 어렸을 때부터 갖고 있었는데 그건《빨간머리 앤》의 영향이 컸다. 앤과 다이애나의 티타임을 보며 언젠가 나도 친구를 초대해 맛있는 빵과 차를 근사하게 차려 주는 게 작은 로망이었다.

　깨끗한 잔에 따뜻한 차를 담아 식혀 가며 호로록 조금씩 마른입을 축이고만 싶다. 특히 이런 차의 시간에는 찻잔 세트도 중요하다. 나는 투명한 티팟을 하나 가지고 있고 스누피가 그려진 묵직한 삼단 다기 티팟 세트가 하나 더 있다. 삼단 다기 티팟은 분위기를 내고 싶을 때 깨끗하게 닦아 사용한다. 티팟을 닦고 그 안에 차를 따라 마실 때면 앤이 떠오른다.

　앤은 장미 무늬 찻잔 세트를 사용하고 싶어 했으나 그 찻잔 세트는 마릴라가 아끼던 것으로 목사님이 오실 때, 모임 때만 사용이 가능했다. 마릴라는 앤에게 갈색 찻잔 세트만을 허락해 준다. 의기소침한 앤에게 위로를 건네듯 마릴라는 버찌 절임이나 과일 케이크와 쿠키, 생강 비스킷은 먹어도 된다고 말한다. 꽃무늬의 티팟 세트까지 테이블에 놓을 수 있었다면 좀 더 완벽했겠지만 앤의 입장에서는 소중한 친구 다이애나와 티타임을 즐길 수 있다는 사실 자체가 벅찬 감동으로 다가왔으리라.

앤은 차 마실 준비를 하며 테이블에 꽃을 꽂은 화병을 둔다. 티타임의 메뉴는 다양한데, 토스트를 먹을 때도 있고 과일 케이크나 도넛 등을 먹기도 했다.

'케이크'나 '파이'를 직접 구울 만큼의 베이킹 실력은 없더라도 근사한 한 상을 차려 오후의 여유를 만끽할 정도의 어른은 됐다는 것을 실감한다. 뭉근하게 우려 낸 차는 은은하고 깊은 여운을 남기며 빵이나 디저트의 맛을 훌륭하게 뒷받침한다. 빨간머리 앤처럼 누군가와 함께하는 티타임도 좋고, 혼자만의 고즈넉한 분위기의 시간도 좋다. 언제든 차가 함께라면 자신을 아껴 주고 보듬는 치유의 시간이 된다.

혼자 차를 마시는 것도 좋지만

누군가와 함께하는 티타임도 좋다.
앤과 다이애나처럼 차를 마시며 대화하면 꽤 즐겁다.

여름에는 시원한 차가 좋고, 겨울에는 따끈한 차를 즐겨 마신다.
차게 마시든, 따뜻하게 마시든 차는 맛있다.

티타임에는 차뿐만 아니라 디저트를 곁들이면 좋다.
그래서 맛있는 빵을 보면 어울리는 차를 고민한다.

잊지 못할
까눌레

　누군가와 헤어지고 나면 상대와 자주 갔던 음식점이나 카페는 다시 발걸음하지 않는다. 그 장소가 내가 사는 위치와 멀리 있는 곳이라면 더더욱. 그러나 그 사람에 대한 기억은 흐릿해지더라도 함께 다닌 카페나 가게에 담긴 추억의 맛은 상온에 하루나 이틀 숙성시킨 파운드 케이크처럼 줄곧 내 안에 머물며 향수 짙은 맛으로 나를 유혹한다.

　제일 생각나는 가게 중에는 빵집이 많다. 그곳에 가야만 맛볼 수 있는 디저트들을 떠올리면 군침이 돈다.

　대표 메뉴는 빵집마다 다른데, 가령 마카롱을 먹고 싶으면 이 가게로, 마들렌을 먹고 싶으면 저 가게로 가야 한다는 나만의 규율이 있다. 여러 시행착오나 우연적인 행운으로 찾게 된 맛있는 빵집을 가지 못하게 되면 아쉬움이 짙다. 그 맛이 그리워 다시 가보고 싶다는 생각도 들지만 기꺼이 그곳으로 향하게 되는 경우는 거의 없다. 그 빵집에 가면 그와 함께했던 기억들이 선연히 떠오를 게 빤했다. 미화된 과거의 감상에 젖어 버리는 나를 마주하고 싶지 않았다.

그 먼 곳까지 갈 일은 없지만, 제일 그리운 곳이 까눌레를 판매하는 빵집이다. 처음 방문했을 땐 계산대 앞에 푸른 눈에 키가 큰 외국인 남성이 서 있어서 저절로 긴장했다. 혹여라도 그가 외국어로 내게 인사를 건네거나 빵에 대해 미지의 언어로 친절하게 설명을 해준다면 어떤 반응을 보여야 하나 고심하느라 작은 가게 안에 어떤 빵이 있는지 꼼꼼하게 둘러볼 여유도 갖지 못했다.

서둘러 나가야겠다는 생각에 처음 보는 낯선 디저트를 냅다 트레이에 담아 계산을 했다. 그것이 까눌레와의 첫 만남이다. 흑갈색에 가까우며 집게로 집었을 때 단단한 외형으로, 세로 줄무늬가 있어 작은 보석함처럼 생겼다. 언뜻 보면 겨울철 간식인 '풀빵'과 닮았다. 가운데가 움푹 파여 심지가 있었더라면 누가 봐도 귀여운 인테리어 초라고 생각할 만큼 앙증맞은 모양이었지만 적갈색에 가까워 잔뜩 그을렸다는 인상을 준다. 과연 이걸 먹을 수 있을까? 탄맛이 나거나 딱딱하지 않을까라는 불안과 호기심이 동시에 일어났다.

다행스럽게도 외국인 남성분이 계산하고 한국인 여성분이 포장해 주셨다. 알고 보니 두 분은 프랑스 제빵 학교에서 만나 결혼하고 아내의 고향으로 와서 함께 빵집을 열었다고 한다. 서글서글한 인상의 친절한 여자 사장님은 포장한 빵을 건네 주며 내가 산 귀여운 빵의 이름을 소개해 주었다.

"까눌레는 프랑스의 보르도라는 지역에서 만들어진 구움 과자예요. 처음 먹어 보는 분들도 있어서 설명드리면 달걀에 바닐라빈과 럼을 첨가해서 구웠어요. 겉은 캐러멜 코팅이 되어 바삭하고 속은 촉촉하죠."

까눌레.

귀여운 이름의 프랑스 과자였다. 빵을 사들고 나와 근처 공원을 돌며 포장된 빵을 꺼냈다. 단단한 까눌레의 홈을 엄지로 안정감 있게 지탱하며 반으로 갈랐다. 세로 줄무늬에 맞춰 깔끔하게 까눌레가 갈라지자 그 안에서 달콤한 캐러멜과 바닐라 향이 은은하게 퍼졌다. 처음 접하는 디저트지만 필시 맛있을 수밖에 없다는 예감이 가득 차올랐다.

까눌레는 단단한 겉껍질과 달리 속은 부드러웠다. 캐러멜화된 겉은 단단하지만 내부에는 열이 강하게 가해지지 않아 촉촉한 부드러움이 안전하게 살아 있었다. 마치 스테이크를 높은 온도에서 겉면을 태우듯이 구워 고기의 육즙을 가두듯 빵이 가진 맛있는 수분이 날아가지 않도록 한 것이다.

한입 베어 물자 적당히 쫀득 바삭하면서도 촉촉한 식감이 독특했다. 단단한 겉면은 달고나 정도의 느낌이었고, 안쪽 반죽은 달콤한 바닐라 맛이었다.

화려하지 않지만 자신만의 개성이 뚜렷이 드러나는 고급스러운 단맛이라 잊을 만하면 한 번씩 떠오른다. 까눌레를 맛본 이후 그 빵집의 단골이 되었다.

한국인 아내를 따라 선뜻 한국행을 결심하셨다는 남편분은 방문할 때마다 친절한 미소로 응대해 주셨다. 입가에 머금고 있는 미소는 빵에 대한 애정뿐 아니라 아내와 함께하는 생활에 대한 만족으로 느껴졌다. 두 분이 오순도순 빵을 만들며 가게를 운영하시는 모습은 보기 좋았다.

한 분이 빵을 굽고 있으면 다른 한 분이 손님 응대를 도맡았다. 보통 수줍음이 있는 듯한 남자 사장님이 작업실에서 반죽을 하고, 여자 사장님이 웃으며 손님들을 맞아주셨다.

두 사람의 모습은 내가 사랑하는 까눌레와 닮아 있었다. 캐러멜 향의 바삭한 외면은 유쾌한 여자 사장님의 활력과 어울렸고, 부드러운 내부의 식감은 여유 있는 미소로 묵묵히 빵을 굽고 있는 남자 사장님의 모습을 닮은 듯했다. 빵에 대한 애정과 두 사람의 정성이 잘 구워진 까눌레로 나타난 것이니 이걸 먹는 손님들 또한 그 맛에 금세 빠질 수밖에 없다.

여자 사장님은 내가 방문할 때마다 오늘은 단호박 식빵이 다 팔렸어요, 방금 까눌레를 구워서 식혔다 드시는 게 좋아요, 등 오늘의 빵 예보를 세세하게 설명해 주셨다. 반가운 미소로 안부를 물어 봐 주시던 친절한 사장님의 웃음과 소담스러운 빵이 생각난다. 까눌레뿐만 아니라 프랑스식에 충실한 그곳 빵은 모두 훌륭한 맛이었다.

이곳을 그 사람과 함께 방문하던 때의 즐거운 기억들(난 이곳의 까눌레와 단호박 식빵이면 금세 기분이 풀렸으므로 그는 종종 내게 이곳의 빵을 사 주곤 했다)도 선연히 떠오른다. 그때 함께 나눠 먹던 까눌레의 맛은 앞으로도 잊지 못할 것 같다.

까눌레라는 빵을 처음 접한 건 프랑스 빵집이었다.

이곳은 프랑스인 남편분과 한국인 아내분이 운영하는 곳으로
프랑스 빵의 정수를 맛볼 수 있다.

이 빵집에 오면 꼭 사는 건
크로와상, 단호박 식빵, 까눌레.

결국 못 참고 바로 먹음.

갓 구운 까눌레는 바삭 달콤 쫀쫀
정말 맛있어서 순식간에 다 먹게 된다.
(혼자 여섯일곱 개쯤은 먹을 수 있음.)

4 ——— 숙성되는 중입니다

갓 구운 식빵은
이 세상 어떤 디저트에도
밀리지 않는 훌륭한 맛이다.
보들보들하고 쫄깃한 식감은
고기와 견줄 만큼 뛰어나서
한입 베어 무는 순간
옅은 감동마저 일게 만든다.

마음의 도넛

 문득 누군가와 통화를 하고 싶을 때가 있다. 어떤 목적이나 이유 없이 무작정 전화를 걸어 '나 오늘 이런 일이 있었어'라는 서두로 이야기를 시작해 부유스레한 여명이 밝아올 때까지 의미 없는 대화를 가락처럼 늘려 가고 싶은 때.

 그런 마음이 들었다는 건 외로웠다는 뜻이겠지. 막상 그런 순간 휴대폰에 저장된 번호를 훑어보면 전화를 걸 상대가 없었다. 용기 내서 누군가에게 이야기한 적도 있지만 진심으로 공감받고 있다는 느낌은 받지 못했다. 괜한 이야기를 꺼냈다는 자책과 후회만 밀려들었다.

 각자가 짊어진 삶의 무게에 몰입하다 보면 타인을 돌아볼 여유가 없다는 것쯤은 알고 있다. 이해받지 못했다는 이유로

섭섭함을 느끼는 건 유치하다고 생각하면서도 마음 한구석은 스산했다.

특별한 이유가 없어도 가슴에 도넛처럼 큰 구멍이 뚫린 것 같은 기분이었다. 이 감정의 구덩이는 점처럼 작다가도 우물처럼 깊거나 넓어졌다. 자유로움이 좋을 때도 있지만 헛헛함을 느낄 적엔 새벽까지 뒤척였다. 채워지지 않는 외로움이 엄습할 땐 어찌할 바를 몰랐다.

그 구멍을 타인을 통해 메울 수 있다고 믿었던 때도 있었다. 누군가의 아낌없는 애정이 외로움의 특효약이 되어 줄 거라 믿었을 땐 연애에 대한 기대가 컸다. 이상형의 완벽한 남자와의 연애가 모든 문제를 해결해 주는 정답이 될 거라고 믿었다.

그러나 내 연애사는 드라마나 영화 속 낭만적인 전개와 노선이 달랐다. 연애 초기의 마냥 좋은 감정은 유통기한이 짧았고 기대 심리나 견해 차이로 감정이 상하는 경우가 잦았다. 처음엔 노력하겠다는 말로 양보하는 듯해도, 마지막에는 '넌 나한테 해준 게 뭔데'라는 말로 상처를 주고 갈라섰다.

짜 맞춘 시나리오처럼 근사한 로맨스를 기대한 건 아니었다. 그저 내 감정을 공감해 주고 입장 차이를 대화로 풀어 갈 여유가 있는 사람을 원했다. 이 기대가 우리의 관계를 망치는 원흉이었을지도 모른다.

가슴 밑바닥에서 꿈틀거리는 우울감을 마주할 땐 일면식 없는 사람을 대할 때처럼 어색하고 어리숙하게 굴었다. 이 감정을 달랠 수단이자 도피처가 연애였지만 해가 갈수록 뭔가 잘못됐다는 것을 직감했다. 서로에게 익숙해진 자리엔 호기심 대신 권태로움만 남았다. 매주 시간 맞춰 만나는 데이트는 의무가 되었고, 사소한 이유로 말다툼을 하는 것도 지쳐 갔다.

몇 번의 연애를 통해 한 가지 배운 교훈은 타인이 내 삶이나 감정을 책임져 주지 않는다는 것이다. 다른 사람을 통해 마음의 구멍을 메우려 하면, 상대와 좋은 관계를 유지하기 힘들다. 내가 짊어져야 할 짐을 떠넘길 수 없으며 각자 감당해야 할 몫이 있다.

감정은 계절과 같아서 어떨 때는 따뜻한 볕이 들다가도 또 어떤 때에는 거센 바람이 불어 닥칠 때도 있다. 마음에 시린 바람이 불어올 때 억지로 그 감정을 없애기 위해 누군가를 만나는 건 상대에 대한 예의도 아닐뿐더러 쓸데없는 감정 소모만 하게 된다.

'계속 혼자 산다면, 외롭지 않을까?

젊을 때 좀 더 많은 연애를 하는 게 이득이 아닐까.'

때때로 불안감이 일 때도 있지만 셀프로 행복해지는 법에 적응해 가고 있다. 이제 나는 사랑이 답이라고 생각하는 연애 지상주의자가 아니며 백마 탄 왕자를 꿈꾸는 철없는 공주도 아니다.

되돌아보면 내 삶이 휘청이는 관계였다. 그와의 관계를 정리하고 나를 돌아보니 스스로 할 줄 아는 게 없는 바보가 되어 있었다. 혼자인 시간을 견딜 자생력을 상실한 것은 '왜 우리의 관계가 해피엔딩이 아니었을까'라는 의문에 대한 이유였다. 내가 상대에게 의지를 한 것이 그에게 부담으로 다가갔던 것이다.

이제는 감정의 심연을 마주해도 당황하거나 쩔쩔매지 않게 됐다. 외로움을 해결해야 할 과제로 인지하기보다는 있는 그대로 인정한다. 내 인생을 나은 방향으로 이끌 구원자는 나밖에 없음을 절감했다. 부정적인 기운에 울적해질 때면 이 기분을 좀 더 나은 방향으로 이끌 수 있는 경우의 수를 터득해 나가는 중이다.

돌아보면 마음의 구멍을 채워야 한다는 생각도 강박이 아니었을까. 이런 내 의문에 하루키의 소설 속 한 대목은 현재의 나를 수긍해도 된다고 말해 주는 것 같다.

> 도넛의 구멍을 공백으로 받아들이느냐 아니면 존재로 받아들이느냐는 어디까지나 형이상학적 문제고 그 때문에 도넛의 맛이 조금이라도 달라지는 게 아니다.
>
> _《양을 쫓는 모험》중

왜 난 이 구멍을 어떻게든 채워서 메우려고 했을까. 도넛에 구멍이 있는 건 제일 도넛다운 형태이며 뚫려 있든 않든 간에 그 자체로 인정하고 받아들이는 건 내 선택이다. 구멍의 형태가 어떻든 맛은 변하지 않으니까.

목적이나 이유 없이 곁에 둘 소중한 친구가 있으면 좋겠다.

가슴에 커다란 구멍이 생긴 듯한 헛헛함에 대해 고민을 많이 했다.

곁에 누군가가 있다고 해서 채워지는 외로움은 아니었다.
오히려 누군가 있어서 더 외로운 경우도 발생하니까.

불안감과 외로움이 일더라도 셀프로 행복해지는 법을
터득해 가야 한다는 걸 느끼는 요즘이다.

마음이 가라앉을 땐
수프를 먹어요

내가 제일 자신 있는 요리는 수프다. 수프라는 건 메인 요리가 나오기 전 애피타이저로 여기는 경우가 많다. 입맛을 돋우거나 가볍게 빵에 찍어 먹는 정도로 대수롭지 않게 여기지만 나는 수프를 진지하고 묵직한 요리라고 생각한다.

언젠가 친구가 농담 반 진담 반으로 말했다.

"빵순이인 네가 직접 빵집을 차리는 게 어때? 빵에 있어서 네 기준과 입맛이 높잖아. 네가 만족할 만한 빵을 직접 만드는 거지."

그 말에 난 빵집을 한다면 메인 요리로 수프를 만들고 싶다고 말했다. 빵과 수프를 함께 파는 가게를 하고 싶다는 의견에 돌아오는 친구의 반응은 시큰둥했다.

"수프를 메인으로 파는 가게라고? 잘 안 될 것 같은데."

수프의 위력과 맛을 제대로 알지 못하는 친구는 내 말에 감흥을 갖지 못했다. 분명 장사가 잘 안 되리라는 말도 덧붙였지만 난 이미 혼자만의 구체적인 계획을 머릿속에 구상하고 있었다.

메인 수프는 계절에 따라 메뉴를 달리 하고 그에 어울리는 식사 빵을 같이 판매하는 가게를 운영하면 재밌겠다. 메뉴도 구체적으로 정해 두었다.

수프의 종류는 총 여섯 가지로 단호박 수프, 당근 수프, 감자 수프, 양송이 수프, 옥수수 수프, 토마토 수프가 좋겠다.

가벼운 아침 메뉴나 브런치로는 단호박이나 감자 수프를, 당근의 새로운 매력을 발견할 수 있는 당근 수프는 별미 메뉴로 추천하고 싶다.

옥수수가 맛있는 여름철에는 달콤한 옥수수 수프를 만들어서 대접하고 싶다. 산뜻하고 건강한 한 끼를 먹고 싶거나 숙취로 해장이 필요할 때 돼지 국밥만큼이나 속을 잠재워 줄 토마토 수프를 정성스럽게 끓여 잘 정돈된 테이블에 놓으면 어떨까? 부드럽고 풍미가 짙은 버섯의 맛이 매력적인 양송이 수프는 언제 먹어도 실패 확률이 없다.

이러한 꿈같은 계획은 무레 요코의 《빵과 수프, 고양이가 함께하기 좋은 날》이라는 소설에서 기인했다. 주인공 아키코는 어머니가 돌아가신 뒤 엄마가 남긴 식당을 개조하여 빵과 수프를 파는 가게로 새롭게 리모델링하여 개업한다. 메뉴는 그날그날에 따라 다른 종류의 샌드위치와 수프. 이 수프 가세에 오는 손님들은 아키코가 만든 소박하고 담담한 음식을 사랑하는 사람들이다.

손님들도 아키코도 결이 비슷한 느낌을 주는데, 그녀는 자신의 가게에 오는 손님들이 한정적이라는 점을 고민한다. 그러나 모든 취향을 만족시킬 수 있는 완벽한 가게는 없으며 나의 취향을 좋아해 주고 애정을 갖는 손님들이 하나둘 생기면 그것으로 충분히 가치 있다.

아키코의 샌드위치와 수프를 한 번 맛본 사람들은 감동하여 단골이 되곤 했다. 아키코의 수프 가게는 상상만으로도 마음을 평화롭게 만들어준다. 나도 평일 한적한 오후에 그녀의 가게로 가서 든든한 시금치 달걀 샌드위치와 묽은 수프가 먹고 싶어진다.

처음부터 수프에 특별한 애정을 가졌던 건 아니다. 나에게 수프란 돈가스에 곁들여 먹던 간편식 수프 맛이 전부였다.

그러던 어느 날 좋아하는 푸드스타일리스트의 '단호박 수프' 레시피 영상을 보게 됐다. 샛노란 수프를 한 수저 뜨는 장면을 보자 당장 만들고 싶다는 충동이 일었다. 구황작물을 좋아하였기에 단호박 수프는 먹어 보지 않아도 맛있을 거라는 확신이 들었다.

　먹는 것에 있어서는 적극성과 실행력이 뛰어난 나는 단호박을 당장 사 와 전자레인지에 몇 분 간 돌려 찐 뒤에 뚜껑을 자르고 단단한 씨와 속을 파냈다. 손질한 단호박을 잘게 잘랐다. 밀가루와 버터를 녹여 루를 만들고, 그 위에 잘게 자른 양파와 단호박을 함께 볶았다. 어느 정도 단호박이 익었을 즈음 생크림을 종이컵 기준으로 한 컵 넣고 뭉근하게 끓였다. 부드러운 식감을 위해 익힌 단호박과 양파를 믹서기에 넣어 곱게 갈아 준 뒤 우유를 취향에 따라 좀 더 추가하여 한 번 더 끓여 주면 완성된다. 마지막엔 치즈가루나 치킨스톡을 넣어 주면 레스토랑에서 대접하는 근사한 맛의 수프를 집에서도 쉽게 만들 수 있다.

　간단한 레시피에 비해 훌륭한 맛이라 감동하게 된다. 속을 파낸 단호박 안에 완성된 수프를 넣으니 더욱 먹음직스러웠다. 진한 단호박 맛과 생크림이 어우러져 한 그릇을 순식간에 비워 냈다. 이후 다양한 수프 레시피를 찾아보고 직접 만들게 됐다.

어떤 수프든 처음에는 꼭 루를 만든다. 버터 두 조각 정도를 달군 팬에 녹여 준 뒤 밀가루를 붓고 타지 않도록 볶아 준다. 만들어진 루에 메인 재료를 넣고 볶는다.

루를 만드는 과정을 빠뜨리지 않고 거치는 건 농도를 맞추기 위함이다. 나는 점도가 없는 맑은 국물보다 적당히 무게감이 있어 숟가락에서 방울 모양으로 묵직하게 떨어지는 국물을 좋아한다. 루를 만드는 과정을 거쳐야 내가 원하는 걸쭉한 농도의 수프를 만들 수 있다.

수프는 단조로운 식사 빵이나 단단한 바게트와 함께 먹었을 때 맛이 배가 된다. 촉촉한 수프에 빵을 적셔 먹으면, 스펀지처럼 빵 속 수프가 입으로 스르륵 퍼진다. 그 식감과 맛은 여느 식사 메뉴 부럽지 않다.

버터를 바른 빵도 맛있지만, 수프에 찍어 먹는 빵의 위력은 대단하다고 느낀다. 그래서 요즘 나의 아침 메뉴는 주로 수프와 함께하는 빵이다. 고소한 크로와상과 양송이 수프 하나면 아침이 근사해진다.

산뜻하게 입맛을 돋우고 싶을 땐 토마토 수프를 만들어 먹고, 아침 끼니가 든든했으면 좋겠다 싶을 땐 감자 수프나 고구마 수프를 끓인다. 많이 만들면 소분해서 얼려둔 뒤 생각 날 때마다 녹여서 먹으면 되니 간편하다.

따끈한 수프는 마음속에서 일렁이는 감정도 차분하게 가라앉혀 준다. 빵과 수프 한 그릇은 마음에 깊은 위로를 안겨 주며 내 안의 차가운 그늘이나 얼어 버린 감정을 녹여 주니 늘 가까이 두고 싶다.

누군가 울적한 기분에 갇혀 입맛이 없다고 말한다면 난 망설이지 않고 따끈한 수프를 끓여 대접하고 싶다. 아키코처럼 수프 가게를 차릴 만큼 훌륭한 요리 실력은 없지만 정성스레 만들어 건네고 싶은 마음이다.

그 한 스푼에 마음이 촉촉해지고 바삭한 빵을 찍어 먹으며 마음이 든든해지리라 믿는다. 수프와 빵은 의외로 힘이 세니까.

당근 수프

단호박수프

토마토수프

감자수프

옥수수수프

빵과 잘 어울리는 수프를 좋아한다.

① 루 만들고,

② 단호박라 양파 썰고 볶기

③ 믹서에갈기

④ 끓여 주기

다양한 수프 레시피 중 제일 좋아하는 건 달콤한 단호박 수프!

단호박 속을 비워 낸 뒤 완성된 수프를 넣으면
레스토랑에서 파는 단호박 수프가 된다.

그래서 단호박을 보면 든든히 쟁여 두고
수프로 만들어 빵에 찍어 먹고 싶어진다.

무던한 식빵을
닮고 싶어

　누군가와 일상을 공유하며 이야기할 수 있었으면 좋겠다
는 바람이 늘 저변에 깔려 있다. 사소한 일상일지라도 함께
하는 이가 누구냐에 따라 그 하루 이상이 되기도 하니까. 나
의 이상은 소중한 친구를 만드는 것이었다.

　그러나 난 사람들 사이에서 정현종 시인의 시 속 〈섬〉처럼
부유했다. 가깝다가도 멀어질 수 있는 게 인간관계라는 사실
을 머리로는 알았지만 마음에서 받아들이지는 못했던 듯싶
다. 각자의 일상에 치여 멀어지건, 상황의 변화로 소원해지건
소중한 존재와 멀어지는 건 몇 번을 반복해도 익숙해지지 않
았다.

　평생의 단짝이라 여겼던 친구도 일 년에 한두 차례 만남으

로 대신하면 충분한 관계가 되어버렸다. 잡힌 만남조차 약속 시일이 가까워 오면 일정을 미루고 싶은 은근한 충동을 느꼈던 건 이 만남이 유쾌하지 않을 것이라는 걸 직감했기 때문이었다.

살아 있다는 생존 신고 정도에서 그치는 관계가 되어버린 옛 친구들을 만나면 허탈했다. 그마저도 끊겨 일년에 한두 차례 있던 만남도 뜸해지면 SNS를 통해 근황을 확인했다. 연락 한번 해야지, 얼굴 봐야지라는 아쉬움 섞인 인사를 서로 나누기만 할 뿐 만날 여유가 없다는 핑계로 약속을 유예했다.

일련의 과정을 알기에 오랜만에 얼굴을 보는 게 의미가 있을까 싶었다. 피치 못할 사정을 들어 약속을 취소할까 싶었지만 의무감을 갖고 만남 장소로 향했다. 사는 지역이 달라지면서 멀어진 친구들과의 만남은 근황과 추억을 나누는 게 전부였다. 그 사이에서 난 어색하게 웃으며 손목시계를 힐끗 댔다.

학창 시절엔 500원짜리 어묵 하나를 나눠 먹어도 즐거웠지만 비싸고 근사한 식사를 먹는 지금은 즐겁지 않았다. 감정을 나누던 일은 줄고, 경험의 폭이 달라진 우리의 대화는 겉돌기 시작했다. 대화가 재미없으니, 곁들여 먹는 음식이 맛있을 리 없다. 결혼한 친구나 육아를 하는 이들의 대화 주제는 싱글인 나와 달랐고 관심사도 극명하게 나뉘었다. 자주 근황을 물으며 연락하던 사이가 아니면 오랜만에 만나서 할 수 있는 대화거리도 한계가 있다.

교감할 수 있는 공통분모가 사라졌으므로, 공감과 이해를 전제로 한 대화보다는 관계의 지속성과 분위기를 염두에 둔 그럴 듯한 이야기만 오갔다. 화기애애히게 웃는 대화는 묘하게 핀트가 어긋났다.

빨리 만남을 마무리하고 싶었다.

돌아가는 길엔 몸이 천근만근으로 무거웠다. 이 만남을 통해 우리의 관계가 추억 속에 멈춘 시절 인연이라는 것을 확인했다.

친구들과 헤어지고 돌아와 피곤한 몸을 침대에 뉘었다. 천장을 보며 오늘 나눴던 대화를 곱씹었다. 결혼을 앞둔 친구의 이야기, 공무원 시험 준비를 하는 친구의 어려움, 직장 생활이나 재테크, 주식 투자에 대한 정보 공유 등.

나눈 이야기는 많았지만 정작 알맹이는 없다. 쓸쓸함을 느끼며 자리에서 일어났을 때 책꽂이 한 편에 있던 상자가 눈에 들어왔다. 친구들과 주고받았던 편지부터 사소한 쪽지까지 담긴 상자였다. 잠도 오지 않고, 마음은 싱숭생숭하여 오랜만에 상자를 열었다. 편지를 훑어보던 중 분홍색 편지 봉투가 눈에 띄어 꺼내 읽었다. 꾹꾹 눌러 쓴 글씨는 오늘 만났던 무리 중 제일 친했던 친구가 쓴 것이다. 찬찬히 편지를 읽다 한 문장에서 시선이 멈췄다.

넌 네가 식빵처럼 어느 요리에나 어울리는 사람이 되고
싶다고 했지. 구워 먹어도, 잼을 발라 먹어도, 튀겨도
맛있는 식빵처럼 질리지 않는 존재가 되고 싶다고.
넌 지금도 내게 식빵 같은 친구야.

'식빵 같은 친구야'라는 대목을 곱씹어 읽었다. 누구와 있어도 어색하지 않고, 두루 어울리는 식빵과 같은 존재. 그런 존재가 되길 바랐던 내 이야기를 친구는 기억하고 있었다. 그리고 내게 '넌 이미 식빵을 닮은 친구'라고 말해 주었다. 친구의 편지를 읽으며 마음 한 구석이 시큰했다. 우리의 틈은 벌어졌지만 그 틈과 균열을 메워 주는 건 이런 추억이겠지 싶었다.

중고등학교 시절 밝은 미래를 꿈꾸며 논했던 10년 후의 약속이나 할머니가 됐을 때도 예쁜 원피스를 입으며 멋지게 늙어 가자고 말했던 일은 잊힌 기억이 되어 버렸으나 편지 속

에는 그 시절의 우리가 남아 있었다.

어른이 된 뒤에 꿈이나 우정 외에 논할 것이 많아졌고 과거의 약속은 잊혀졌다. 인간관계에 대한 허탈감, 멀어지거나 소원해지는 관계에 대한 깊은 시름에 난 지나치게 골몰하고 있었다. 오래된 것이 의미 있는 것, 변치 않는 게 중요하다는 강박이 관계에 대한 기대와 기준을 너무 높게 만들었나는 생각이 든다. 관계는 물살의 세기처럼 자연스럽게 흘러가도록 두면 된다. 멀어질 때가 있으면 가까워지는 때도 있고 또 다른 물꼬를 만나 물결이 달라지듯 새로운 인연을 만날 수도 있음을 겸허하게 받아들이면 오늘의 만남이 이토록 쓸쓸하게 느껴지진 않았을 것이다.

이 편지를 내게 전한 것이 친구의 기억에서 잊혀졌을지 모르지만 이 위로를 곱씹는 나에겐 여전히 유의미한 메시지다. 과거의 어느 시간 속에서 우린 서로에게 식빵과 같은 존재였다는 사실이 멀어진 관계에 대한 회의와 쓸쓸함을 다독여 주었다. 우리의 벌어진 간격은 과거에 친밀하고 가까웠다는 뜻의 방증이다. 가까워지고 멀어지는 변화는 자연스러운 흐름일 뿐 잘못된 게 아니었다.

학창시절 친구들을 오랜만에 만나고 돌아오는 길,
어쩐지 씁쓸한 기분이었다.

오랜만에 친구가 쓴 편지를 보며 가슴이 따뜻해지는 기분이었다.

미친 듯이
먹고 싶다가도

체중계에 올라섰을 때 숫자가 바뀔까 봐 조바심이 난다. 그럼에도 음식을 끊지 못했던 건, 사는 낙이 없었기 때문이다. 먹는 걸 좋아하게 된 건 아이러니하게도 다이어트를 하면서부터다. 하체비만과 늘어나는 뱃살 고민으로 운동을 시작했다. 9kg를 감량한 뒤에도 9시 이후에는 아무것도 먹지 않았다. 아빠가 맛있게 끓인 라면이나 바삭하게 겉을 그을린 가래떡 구이를 들이밀어도 입에 빗장을 걸었다.

그러나 욕망이란 건 억압할수록 비대해지고 마는 습성이 있다. 먹지 말아야 한다는 강박이 생기자 식욕은 부풀어 올랐다. 식욕에 지배를 받았던 시기를 되돌아보면 자신만의 규율이 많았다.

이 음식은 먹으면 안 되고, 이건 챙겨 먹어야 하고, 이건 먹고 싶지만 고칼로리라 자제해야 해.

이런 생각이 일상을 지배했다. 거기다 졸업 후 막연하게 작가를 꿈꿨지만 준비된 건 아무것도 없었으니 빈손으로 부모님 집에 얹혀서 동동거릴 수도 없었다. 취업에 대한 압박과 입사 지원한 회사에서의 거듭된 불합격 통보로 자괴감과 우울감을 느꼈다.

기분이 가라앉을 땐 무언가를 입에 넣어야 직성에 풀렸다. 집에 돌아오면 예능 프로를 돌려 보며 간식을 먹어댔다. 하루에 두 끼만 먹어야 한다는 자신만의 약속을 지키기 위해 점심, 저녁만 먹었지만 결국 네 끼 같은 두 끼였다.

먹고 난 뒤에 체중계에 올라갔다가 살이 찐 걸 확인하면 후회했고, 즉각 먹은 것을 토하기 위해 화장실로 달려갔다. 덩어리째 흘러나온 토사물이 변기 안에 쏟아지는 걸 보며 안도했다. 맛있는 걸 입으로 즐겼지만 몸에는 축적하지 않았다는 안도감이었다.

섭식 장애로 이어지진 않았지만 억지로 토하는 걸 반복하여 역류성 식도염 증상을 겪었다. 밀가루를 먹으면 소화가 되지 않고, 뭘 먹어도 신물과 함께 먹었던 음식물이 다시 입으로 올라왔다. 미친 듯이 먹고 후회하는 일을 반복하는 자신을 스스로도 이해할 수 없었다. 운동은 죽을 만큼 하기 싫어하면서도 먹는 걸 포기하지 못했다.

열심히 먹어댔지만, 먹는 게 전부인 양 사는 것도 온전히 즐겁지 않았다. 먹는 거 외에 재밌는 게 없다고 푸념하는 만성 무기력증은 꽤 오래 지속됐다.

음식은 삶의 중요한 일부분이며 즐거움일 수는 있지만 전부가 될 수는 없다. 즐기는 정도의 적정선을 지키면 충분하지만 어느 순간 난 음식에 집착하고 있었다. 먹고 운동하고 살찔까 봐 두려워하고 그 두려움으로 인한 스트레스를 먹는 것으로 해소하고 다시 살이 찔까 봐 운동하고.

벗어날 수 없는 굴레 속에 갇혀 지냈다.

음식에 대한 집착이 적정한 애정으로 바뀔 수 있었던 건 독립 이후였다. 서울로 직장을 잡고 혼자 살면서 끼니를 내 힘으로 해결해야 하자 좀 더 잘 챙겨 먹고 싶어졌다. 가족들과 함께 지낼 때는 독립된 공간이 없는 것에 대한 스트레스가 상당했는데 완벽한 나만의 세상에서 자유를 누리게 되자 마음이 편안했다.

전처럼 점심, 저녁 두 끼를 먹는 건 동일했지만 점심은 회사에서 해결했고 저녁 한 끼만 집에서 먹으면 될 문제였다.

그때부터 저녁만큼은 내가 좋아하는 요리를 만들거나 원하는 음식을 사 먹었다. 때마침 시기적절하게 체중계의 건전지가 닳아 교체할 때가 됐으나 새 건전지로 바꾸지 않고, 옷장 구석에 넣어 두었다. 체중계와 멀어지는 삶을 택한 건 숫자에 대한 집착이 음식에 대한 매몰로 이어지는 것을 경계하기 위함이었다.

체중계 위에 올라서지 않자 더 이상 몸무게에 집착하지 않게 됐다. 지금도 장바구니에 넣으려던 과자의 뒷면, 칼로리를 보면 멈칫하고 9시 이후에 무언가를 먹지 않는 습관은 남아 있지만 전처럼 음식이 나를 지배하는 느낌은 아니다. 먹으면 안 된다는 강박을 내려놓자, 먹는 속도가 느슨해지고 먹는 양도 줄었다. 적당히 먹고 싶은 걸 즐기는 것을 자신에게 허용하자 아등바등하며 음식에 집착할 이유가 없었다. 거기다 내가 나를 책임지고 꾸려 나갈 수 있는 환경 조건을 만들자 남들만큼 어엿하고 그럴듯한 삶을 구현했다는 일정 수준 이상의 만족을 얻게 됐다.

맛있는 음식이, 체중계의 숫자가, 반복해서 돌려 보던 재밌는 영상이 나를 구원해 주지 못한다. 내가 음식에 지나치게 집착했던 건 마음의 어딘가 균열이 일어났다는 증거였다. 마치 자전거 타이어의 어느 부분에 구멍이 생긴 것과 같다.

자전거 타이어에 구멍이 나면 타이어를 물이 가득 담긴 고무대야에 넣은 뒤 돌려 가며 미세하게 난 구멍을 찾아야 한다. 작은 구멍을 발견하면 메우면 된다. 구멍 난 마음의 한 부분을 인지한 뒤부터는 애꿎은 음식에 매몰되지 않고 다른 방식으로 공허를 채우게 됐다. 음식을 먹는 건 잠깐의 기쁨과 유희, 포만감은 줄지언정 근본적 해결이 되진 못한다. 삶의 미세한 균열을 찾아 크고 작은 변화를 일굼으로써 구멍을 스스로가 메우는 게 더 중요하다.

우울할 땐 과자 두세 봉지를 한꺼번에 뜯어 해치우던 과거의 나는 이제 없다. 슬프고 침잠할 땐 쌉싸름한 차 한 잔에 구움 과자 두 개 정도면 충분하다. 그 정도의 달콤함이 주는 위로면 만족한다.

스트레스를 받을 땐 미친 듯이 무언가를 먹어댔다.

먹은 뒤엔 후회를 곱씹었다.

체중계의 바뀌는 숫자를 보며 후회와 좌절감을 느끼며 깨달은 건

음식은 위로와 위안이 되어 주지만
근본적인 문제 해결을 해주진 못한다는 것.

빵과 인생의
프로

한때 일러스트레이터의 꿈을 꾼 적이 있다. 혼자서 연습하는 것으로는 부족하다고 느껴 전문적으로 그림을 배우기 위해 학원을 등록했다. 초기에는 선 연습이나 소묘 위주로 배웠는데 빈 종이 위에 그은 무수한 선들이 하나의 형태를 이루는 게 재미있었다.

그림을 배운 뒤로 일주일에 두 번 학원을 가는 게 낙이 되어 수업 날을 손꼽아 기다렸다. 학원에 가서 자리에 앉으면 두세 시간이고 내리 스케치북만 보았다. 한 장 한 장 그림이 완성되고 다 쓴 스케치북이 늘어갈수록 보람은 배가되었다.

단기간에 그림 실력이 늘 거라는 기대는 하지 않았으므로 조급하지 않았다. 단 몇 개월을 배운다고 사물을 묘사하는 선이나 형태를 보는 관찰력, 붓터치 등이 쉽게 체득될 리 없다. 꾸준한 연습을 통해 앞으로도 단련하여 내가 그릴 수 있는 영역을 넓히는 게 목표였다. 가능하다면 나이가 들어서도 그림을 그리거나 글을 쓰는 인생을 살고 싶었기에 천천히 실력을 갖춰 가야겠다고 생각했다.

처음 3~4개월 정도는 재미도 있고 실력도 느는 것 같았지만 6개월에 접어든 시점부터 정체기를 겪었다. 특히, 시점에 대한 이해가 부족했는데 위나 아래에서 봤을 때, 좌우에서 봤을 때 등 시선의 이동에 따라 사물이나 사람, 거리의 풍경이 어느 한쪽이 비대하게 커지거나 좁아지는 형태, 즉 퍼스의 이동을 이해하고 그림에 적용시키는 게 어려웠다.

내가 그리는 그림에는 두 가지 구도에서 본 풍경이 공존하기 일쑤였다. 가령 집은 위에서 내려다본 모습인데, 주변 나무들은 정면에서 봤을 때와 같이 기둥이 아래로 갈수록 좁아지지 않고 동일하게 반듯한 형태였다.

시선에 따른 사물의 왜곡을 이해하고 선으로 표현하는 게 어려워서 한동안 그림을 그리는 행위가 몹시 권태로웠다. 해야 한다는 의무감만 앞섰고, 잘하고 싶다는 마음이 가득 차면서 초반에 가졌던 느긋한 여유는 사라졌다. 어느 순간 취미로 가볍게 시작한 그림은 잘하고 싶다는 욕심이 생기면서 더 이상 즐겁지 않았다. 그림을 좋아했지만 전문적으로 배워 본 적 없었고, 낙서처럼 끄적이는 것 외에 진지하게 무언가를 완성해 본 경험이 없던 터라 더 어렵게 느껴졌던 것 같다.

무언가를 그리는 것에 대한 강박과 두려움이 들어차자 난감했다. 연필이나 붓을 쥐고 그림을 그리려 할 때면 구도가 맞나, 틀리게 그린 게 아닌가부터 고민했다. 지독한 강박이 생기자 호기롭게 붓을 잡고 마음껏 그릴 수 없었다. 배움을 통해 기술은 습득하는 중이었지만 순수한 즐거움과 유희는 사라졌다.

그래도 시작했으니 끝을 봐야 한다는 오기로 꾸역꾸역 배웠다. 노력이 쌓이면 잘하게 될 거고, 잘하면 다시 재미를 붙일 수 있을 거라 믿었다.

평소처럼 그림을 그리던 중(그날은 풍경화의 스케치를 마치고 붓으로 채색하던 중이었다) 나는 난감한 표정으로 머뭇거렸다. 손에 쥔 붓은 길을 잃고 허공에서 둥글게 원을 그렸다. 계곡물에 잠긴 바위와 수풀을 그렸는데, 오묘한 빛깔을 어떻게 표현해야 할지 몰라 애를 먹고 있었다. 사진 속에 있는 먹색 바위에는 수풀의 까만 그림자가 드리워져 한쪽은 어두웠고,

나뭇잎 사이로 햇살이 떨어져 내려 군데군데 밝은 빛이 돋아 있었다. 거기다 짙은 초록색 이끼가 열꽃처럼 피어 하나의 바위에도 다양한 색감이 숨겨져 있었다. 많은 색감을 유화처럼 덧칠하면 맑고 투명한 빛깔이 사라지고, 탁해질 게 빤했다.

색감을 단순하게 칠한 듯하여 좀 더 붓질을 하고 싶은데, 다른 색을 얹으면 깔아 둔 색들이 가려질 것 같았다.

이 그림이 완성일까, 아닐까?

좀 더 칠해야 할지 고민하고 있을 때 선생님이 다가와서 그림을 봐주셨다. 망설임 없는 손길이 스케치북을 거치자 미완성이었던 그림이 비로소 완성됐다.

이 부분을 이런 식으로 채색할 수 있다니, 역시 오래도록 그림을 그려 온 사람은 다르구나 싶었다. 감탄하며 달라진 그림을 뚫어져라 보고 있을 때 선생님은 내게 말했다.

"그림이란 게 그릴수록 참 어렵죠? 실력이 느는 것 같다가도 정체할 때가 있고, 어느 날은 신나게 그리다가도 또 어느 날은 붓을 내려놓게 되는 순간도 있어요."

마치 나의 마음속을 꿰뚫어 본 듯한 말이었다.

"그림에서 프로와 아마추어의 차이가 뭔지 혹시 아나요?"

고개를 가로젓는 나를 보며 선생님은 붓을 내려놓고 답

했다.

"언제 붓을 놓아야 하는지를 아는 거예요. 부족하다 싶을 때 붓을 놓으면 미완성이 되고, 과하게 붓질을 하면 작품이 오히려 엉망이 될 수 있죠. 언제 붓을 놓아야 하는지, 어느 지점에서 완성인지를 아는 게 중요해요. 지금은 스스로 완성할 수 있는 방법을 배우는 중인 거고요."

붓을 놓을 때를 아는 것, 완성의 지점을 아는 것.

글을 쓰고 그림을 그리는 내게 필요한 말이다. 난 지금도 프로와 아마추어 그 어딘가에서 고심하고 있다.

이 정도면 잘 쓰고 있는 건가? 이런 식으로 그림을 표현하는 게 맞나?

스스로에게 끊임없이 되묻고 의심하며 부단히 완성과 미완성 사이에서 서성인다. 삶을 살아가는 방식도 마찬가지. 내가 잘하고 있나, 이게 맞나에 대한 확신이 들지 않아 불안을 겪는다.

작업을 할 때 만족할 때까지 글을 고치기도 하고 에라 모르겠다 싶은 심정으로 마감을 할 때도 있다. 삶을 영위해 감에 있어서도 이 일을 해도 되나, 이 관계를 이어가는 게 맞나, 고민을 거듭하면서 넘어지고 깨진다. 여러모로 어느 분야에

서든 자신 있게 프로라고 말하기엔 부족한 지점이 많다. 자신 있게 내가 프로라고 말할 수 있는 건 빵에 대한 기준 정도였다. 빵을 먹는 것에는 꽤나 진심으로 임하는 편이라 비교적 객관적으로 평가한다. 그러나 인생에 있어서 노련한 지혜가 없고, 남들이 만든 빵에 대해서는 쉽게 평가하지만 내가 만든 결과물에 대해서는 그 정도로 객관적 평가를 내리지 못하고, 고민을 거듭했다.

나는 계속해서 이어지는 생각과 고민 속에서 나만의 무언가를 쌓아 나가는 중이다. 마침표를 찍어야 하는 시점에 대한 확신보다는 불확실함에 휘둘리거나 넘어질 때가 많지만, 프로가 되는 과도기일 것이다.

빵은 한입 먹으면 맛있는지 맛없는지 단박에 아는데 내 것을 완성하는 것에는 왜 이리 미숙하고 불확실한 걸까.

자괴감을 느낄 때도 있지만 처음부터 프로인 사람이 있을 리 없다. 여전히 난 빵을 먹는 것에 있어서는 뛰어난 미각이 발달한 프로 빵순이지만 삶에 있어서는 어수룩한 새내기다. 부지런히 배워 나가 어느 지점에서 스스로 마침표를 찍으며 '이 정도면 되었다'라고 말할 수 있는 확신을 갖는 날이 오기를 바란다.

풍경화를 채색하다 망쳐서 곤란을 겪고 있을 때 선생님이 다가오셨다.

내 그림에 대해 피드백해 주시던 선생님은 갑자기 질문을 던지셨고,

그림의 프로가 되는 법에 대해 말해 주셨다.

선생님이 손봐 주신 그림을 보며
나는 문득 생각에 잠겼다.

내 취향은요

좋아하는 것들을 두서없이 말해 본다.

빵, 꽃무늬, 구황작물, 산책, 가방에 넣고 다니기 좋은 두께의 책. 좋아하는 것들을 하나씩 나열해 보고, 그것들을 떠올리는 시간도 좋다.

"두려워하지 말고 네가 선택하면 되는 거야. 그러는 게 인생이 훨씬 더 즐거울 테니까."

일본 드라마 〈나기의 휴식〉에 나왔던 대사다. 타인의 눈치를 보느라 직장에서도 부모에게도 늘 가면을 쓰고 위축된 삶을 살던 나기는 남자 친구가 회사 동료들과 자신의 험담을 하는 걸 듣고 충격으로 과호흡 증상을 겪다 쓰러진다. 그 후 휴식과 안정이 필요함을 느껴 직장을 그만두고 조용한 마을에서 새로운 삶을 살며 인생을 하나씩 바꿔 나간다. 나기는 '타인의 강요에 의한 선택'이 아닌 '자발적 선택'으로 좋아하는 것들을 찾아간다.

〈나기의 휴식〉에서 인상 깊었던 두 장면이 있다. 달랑 이불 한 보따리만 어깨에 메고 뽀글 머리를 휘날리며 이사를 가는 나기의 모습. 그녀는 떠나 온 이유를 간결하게 말했다.

"여기에 온 이유는 그저 어떻게든 새로워지고 싶어서예요."

타인이 인생을 좌우하던 때의 기억은 버리고, 주체적인 선택으로 채워 가는 삶을 살고 싶다는 나기의 결심이 느껴지는 대목이다.

나기의 변화는 스즈상과의 운전 연습을 통해 드러난다. 걷고 자전거를 타는 것 외에 굳이 운전할 생각이 없던 나기에게 스즈상은 말한다. 걸어서만 갈 수 있는 곳이 있고, 자전거로만 갈 수 있는 곳이 있듯 차를 타고 갈 수 있는 곳이 있으며 볼 수 있는 풍경의 선택지를 늘리는 건 가슴 벅찬 일이라고.

스즈상의 권유로 운전을 연습하게 된 나기는 훗날 말한다.

"지금 아주 조금이지만 내 미래가 기대돼요."

그녀가 좋아하는 것들을 하나씩 찾아나가고 있다는 긍정적인 징조가 엿보인다.

주체적으로 선택할 수 있는 취향의 선택지를 넓히는 건 소중한 일이다. 삶을 풍요롭게 만들기 위해서는 좋아하는 것을 늘려야 한다고 생각하는 나로서는 나기의 변화를 응원하게 된다. 드라마의 제목처럼, 나기는 진정한 휴식을 취하고 있었다. 자신에게 진중하게 몰입하는 순간들을 늘려 가면서.

그녀를 보고 있노라면 나 또한 손에서 붙들고 있던 핸드폰을 내려놓게 된다. 매일 아침마다 확인하던 SNS조차 꺼버리고 좋아하는 것들을 되짚어 본다. 나기의 변화가 나의 마음까지도 바꾼 것 같다.

＊빵

문득 경치 좋은 공원에서 푸른 하늘을 보며 스즈상과 함께 빵을 먹던 나기의 모습이 선연히 그려진다. 그녀는 빵을 한 입 베어 물고, 하늘을 보았다.

"파란 하늘 밑에서 먹는 빵은 최고네요."

아름다운 풍경은 삶을 긍정하게 만들고, 마음을 경건하게 한다. 좋아하는 이들과 먹는 음식은(여기서는 그 음식이 빵이다) 삶의 풍요와 활력이 된다. 그 단순하고도 소중한 사실을 알게 된 나기가 빵을 먹는 장면은 마음을 찡하게 한다. 뒤늦게라도 나기가 푸른 하늘 아래 베어 문 빵의 즐거움을 깨달

게 된 게 다행이다 싶다. 그녀는 이렇게 내면에서 좋아하는 대상에 대한 애정을 스스로 키워 가고 있었다.

'빵'을 먹는 게 일상의 견고한 취미로 자리 잡은 나는, 오늘도 역시 빵을 통해 즐거움을 얻는다. 습관이자 취미인 빵. 맛있는 빵집을 찾아가는 것도 내겐 여행이며, 빵에 어울리는 차를 고르고 내가 찾은 맛있는 빵을 누군가에게 선물하는 일도 즐겁다. 좋아했던 가게나 기억에 남는 빵이 있으면 기록해 두거나 그림으로 남겨 두는 일도 재미있다.

어떤 카페 공간이나 빵집에 갔을 때 좋았던 느낌이나, 다시 방문하고 싶은 이유 등을 돌이켜 생각하다 보면 여러 생각의 단상을 발견할 때도 있다. 그럴 땐 겪은 일이나 감상을 메모장에 적어 두었다가 글의 소재로 이용한다.

＊꽃무늬

길을 지나다 걸음을 멈출 때가 있다. 이상형의 남자를 마주친 것처럼 두근거리는 순간. 쇼윈도에는 어김없이 꽃 패턴의 블라우스나 원피스 따위가 걸려 있다.

어머, 저건 사야 해!

쇼윈도에 걸린 꽃무늬 옷에 마음을 빼앗기면 좀처럼 가던 길을 못 가고 발이 묶여 버린다. 가게 문을 열고 들어가 옷걸

이에 걸린 옷을 집어 들며 사야 할 이유를 만들어 내곤 했다.

그만큼 꽃무늬 패턴을 좋아한다. 남들 눈엔 비슷해 보이지만, 꽃무늬 성애자의 눈에는 제각기 다르다. 색상이나 패턴, 무늬의 간격에 따라 분위기는 천차만별, 매력도 가지각색이다. 이것저것 여러 이유를 달아 구매하다 보니 꽃무늬 옷이 옷장에 넘쳐났다.

그렇다고 꽃 패턴을 무조건 다 좋아하는 건 아니다. 몸뻬바지와 같은 부담스러운 꽃무늬는 사양하고 싶다. 밝은 바탕에 두 가지 꽃무늬가 적당히 여백을 두고 조화롭게 엉글어 있는 문양을 볼 때 기분이 좋다. 지금도 내 취향에 꼭 맞는 적절한 사이즈의 꽃과 자연스러운 줄기의 향연이 어우러진 패턴의 옷이나 가방을 보면 반하고 만다. 앞으로도 나의 꽃무늬 취향은 변하지 않을 듯한데, 나이가 들어 할머니가 돼도 귀여운 꽃무늬 치마를 입으며 부지런히 동네를 활보하고 싶다.

노인이 된 난 여전히 한 손에는 먹고 싶은 빵을 사 들고, 반대편 손에 들린 묵직한 천가방 안에는(이 가방도 어김없이 꽃무늬일 것이다) 주말에 몰아 읽을 책들이 가득 있을 것이다. 이렇게 취향이 명확한 할머니라면 꽤나 귀엽지 않을까. 나이가 들어서도 우울하거나 서글픈 기운이 아닌 유쾌함과 귀

여유을 갖추며 자신만의 취향이 있는 할머니로 늙어 가고 싶다.

＊ 구황작물

난 구황작물을 무척 좋아한다(단호박, 옥수수, 감자, 고구마). 이것들이 든 빵도 좋아하여 새로운 빵집을 찾아다닐 때는 주제를 정해서 한 주는 단호박 스콘이나 파운드 케이크를 찾아다니고, 또 다른 시기에는 옥수수 빵만 사기도 했다.

나만의 빵집 지도를 완성해 가는 비법 중 하나는 단순히 '맛있는 빵집', '맛있는 디저트 가게'가 아니라 구체적으로 '단호박 파운드 케이크 맛집' '연남동 단호박 갸또'와 같이 검색하는 것이다. 구체적인 키워드가 있으면 원하는 취향의 가게를 찾는 게 좀 더 수월해진다.

특히 단호박은 한참 빠져 있을 땐 집에서 수프로 자주 만들어 먹었다. 부드럽고 달콤한 맛이 입맛을 돋우기 때문에 아침에 먹기에 제격이다. 빵을 찍어 먹으면 팔뚝만 한 바게트를 앉은자리에서 뚝딱 해치울 수 있다. 물리지 않는 마성의 빵도둑이라 다이어트 기간에는 피해야 한다.

옥수수는 취향이 명확한 편인데, 달콤하고 아삭한 식감의 초당 옥수수보다는 쫀득하고 구수한 찰옥수수를 좋아한다.

초당 옥수수는 처음 먹었을 때 옥수수에서 과일 맛이 나는 게 놀라웠다. 이건 옥수수가 아니라 옥수수의 형태를 띤 과일이 아닐까 싶은 혼란을 야기해서 먹기가 꺼려진다.

옥수수는 담백하고 한 알 한 알 조금씩 떼어 먹었을 때 쫀득한 식감이 재밌어야 한다. 알이 촘촘하며 모양이 예쁘게 영글은 옥수수를 보면 귀퉁이의 한 알까지 포기하지 않고 말끔하게 먹어 치운다. 옥수수에 대해 글을 쓰는 지금도 구수하고 담백한 옥수수가 먹고 싶다.

＊산책

산책은 즐겁다. 음악을 들으며 혼자 거리를 걷는 것도 즐겁고, 때때로 어둑한 하늘에 떠 있는 별을 운 좋게 볼 땐 반가워서 한참동안 올려다본다. 운동을 목적으로 하면, 주변 광경을 볼 여유가 생기지 않으며, 시간을 정해 두고 하는 건 강박이나 의무감을 띠게 된다.

산책을 할 때만큼은 시간이나 장소에 제한을 두지 않고 걷고 싶은 만큼 걷는다. 그러다 보면 뜻하지 않게 꽤 오래 걷기도 한다. 같이 걸을 사람이 있다면 더욱 좋다. 함께 손을 맞잡고 보폭을 맞춰 걷는 건 꽤나 낭만적이다.

그러나 모든 이들이 나와 같이 산책을 좋아하는 건 아니기에 만나는 연인이 있다 해도 같이 손잡고 걷거나 대화를 할 기회가 많지 않다.

거리나 시간의 제한을 두지 않고 마냥 한 발짝, 두 발짝 누군가와 걷고만 싶다. 특히 여름밤에는 강 근처의 흙길을 밟는 게 마음을 말랑하게 만든다. 산책이란, 돈을 들이지 않고 쉽게 얻을 수 있는 즐거움이다. 싱거운 말이 오가도 서로 깔깔거리며 웃고 하늘을 올려다보다 시선을 맞출 수 있으면 좋겠다.

이루어지지 못한 바람이라 지금은 혼자 고요한 산책을 한다. 일부러 이사를 갈 때도, 내 안에서 '호수가 좋아'라고 했던 말에 귀 기울여 호수나 강이 가까이에 흐르는 곳 주변에 집을 마련했다. 이사가 얼마 남지 않은 지금, 이번에도 산책하기 좋은 장소가 있는 곳으로 떠날 예정이다.

＊가방에 넣고 다니기 좋은 두께의 책

한 권의 책은 하나의 세계라 그 세계로 향하는 여정과 몰입이 쉽지만은 않다. 책은 영상 매체와 달리 한 장 한 장 책장을 넘기는 행위에 의식적인 집중과 노력이 필요하다. 그 노력이 쌓여 어느 지점에서 스토리와 등장인물의 내면에 몰입하게 되는 것이다. 책 읽기에 집중하기 위해서는 끈기가 있어야 한다. 어느 임계점을 돌파하면 한순간에 몰입하게 된다.

　난 일부러 가방 안에 책을 넣고 다니며 지하철 등에서 이동하며 읽는다. 지하철을 타거나 내리는 사람들의 표정을 구경하는 것도 흥미롭지만, 사람 구경조차 질릴 때는 수많은 이들 안에서 오로지 내 시선이 책 속의 한 줄, 한 글자로 향하게 둔다. 글자의 형태와 문상에 집중함으로써 외부와의 단절을 시도한다. 일부러 책에 집중하기 위해 노력하면 책의 문장에 심취해서 책장을 연거푸 넘길 수 있는 순간을 만날 수 있다.

　영상이나 SNS 등은 그 대상이 나를 끌어당겨 일방적으로 끌려가는 느낌인데, 책이라는 세계는 내가 직접 비집고 들어가기 위한 노력과 주체적인 선택을 해야만 열린다.

　집중하기 위한 의식적인 노력을 했을 때에야 느낄 수 있는 즐거움. 그 즐거움을 늘 가방 안에 넣어 두고 다닌다.

내가 좋아하는 것들을 소개하자면

빵도 인생도
계속 이어진다

단팥빵을 좋아하는 편은 아니지만 단팥빵이 갖고 있는 상징성을 존중한다. 빵집에 갔을 때, 막상 있더라도 트레이에 담지 않지만 없을 경우에는 왜 없을까 싶은 의아함과 묘한 허전함을 갖는다. 빵집이라면 자고로 이 녀석이 꼭 자리하고 있어야 할 것 같다.

그건 엄마를 따라갔던 시장의 오래된 빵집에서 제일 처음으로 보고 눈에 띄었던 게 단팥빵이었기 때문이지 싶다. 늘 곁에 있어 존재감을 드러내진 않지만 부재했을 때 비로소 그 존재감이 드러나는 존재. 내게 단팥빵이란 마치 거실 한편, 해진 소파 위에 드러누워 TV를 보는 아빠와 닮은 빵이다. 고향 집에 가면 TV에 시선을 고정한 채 발가락을 까딱이는 아빠를 보는 게 익숙한 풍경이듯 빵집 한 구석에서 투박하고 둥근 얼굴로 묵묵히 자리를 지키는 단팥빵을 보는 게 진정한 빵집답다고 느낀다. 호들갑을 떨며 반기지 않지만 마음을 안온하게 만드는 보이지 않는 힘이 존재하는 빵이다.

아빠와 단팥빵은 평행선상에 존재한다. 두 존재 모두 곁에 있다는 것으로 안도하게 된다. 빵이라는 글자를 떠올리면 단팥빵이 당연하게 연상되고, 고향을 가면 아빠가 언제나처럼 나를 맞아 주는 게 익숙한 것처럼. 화려하고 맛있는 디저트들 사이에서 존재감이 흐릿해지긴 했지만 자신만의 향수 짙은 맛을 유지하는 단팥빵은 중요한 위치에 있는 빵이라고 볼 수 있다. 아빠라는 존재가 내게 그러하듯.

시중에서 파는 보통의 단팥빵은 단맛이 과하게 첨가되어 한두 입은 맛있게 먹더라도 그 이후엔 쉽게 물린다. 우유 없이 단독으로 먹으면 단맛에 진력이 나서 먹던 빵을 봉지에 도로 넣게 되지만 진짜배기 팥소를 품은 단팥빵이라면 다르다. 팥 특유의 짙은 향과 뭉근한 달콤함이 배어든 단팥빵을 만나면 물릴 새도 없이 한두 개쯤은 쉽게 먹는다. 물론 소박한 단맛을 품은 진짜 단팥빵을 찾기란 어려운 일이지만.

먹을수록 진가가 발휘되는 수더분한 단팥빵은 영화 〈앙〉의 주인공 도쿠에 할머니를 닮았다. 할머니는 어느 날 센타로가 운영하는 도리야키 집으로 찾아가 알바를 하고 싶다고 말한다. 나이 지긋한 할머니를 아르바이트생으로 쓰는 게 꺼려졌던 센타로는 거절하지만 할머니는 50년간 팥소를 만들었다며 직접 만든 팥소를 맛보라고 한다. 팥소를 맛본 센타로는 훌륭한 앙금 맛에 감동하여 도쿠에 할머니를 고용한다.

도쿠에 할머니가 팥소를 만드는 과정은 유별나고 독특한데, 팥소를 만드는 순간에는 바깥세상은 차단되고 오로지 할머니와 팥 사이의 교감만 이어진다. 도쿠에 할머니는 팥에게 말을 걸며 천천히 오랜 시간을 거쳐 팥소를 만든다.

영화에서 할머니가 팥소를 만드는 모습을 팥과 할머니 사이가 특별한 언어로 연결되는 과정으로 그린다. 팥이 이곳까지 오기 위해 거쳐 왔던 비, 바람, 태양의 흔적을 느끼고, 누구에게도 이해받지 못하던 시간들에 대해 교감한다. 그러면서 팥들은 달콤한 팥소로 탈바꿈한다. 이러한 긴 여정을 거쳐 만들어진 팥소이니 당연히 맛은 훌륭하다.

도쿠에 할머니표 팥소로 도리야키 속을 바꾼 뒤로 센타로의 가게는 승승장구한다. 할머니가 만든 팥소가 첨가된 센타로의 도리야키는 비로소 완벽한 맛을 갖추게 된다.

도쿠에 할머니가 팥을 대하는 모습에는 그녀의 삶의 태도가 녹아 있다. 팥이 거쳐 온 시간을 놓치지 않고 세세하게 들어 주며 팥들이 설탕과 하나 되어 친해지도록 여유 있게 기다려 준다. 이들이 서로 합쳐져 맛있는 팥소가 될 수 있도록 믿고 맡기는 모습은 고요한 명상이자 짧고도 긴 여행을 보는 듯하다. 평생 팥소를 만드는 데 인생을 바친 도쿠에 할머니에겐 달콤한 팥소가 인생의 위로이자 삶의 목적이며 오늘을 살아가는 힘이 되었을 것이다.

열네 살 어린 나이에 한센병에 걸려 세상과 단절된 삶을 살아야 했던 할머니는 팥을 만들고 빵을 구우며 삶의 의미를 다시금 가질 수 있었다고 말한다.

팥소를 만들고 빵을 굽는 일이 살아가는 이유이자 뿌리가 되었으니 팥을 삶고, 불리고, 씻는 일이 할머니에겐 한순간도 허투루 할 수 없는 중요한 수행이었을 것이다. 그녀를 통해 센타로는 팥소를 만드는 방법뿐만 아니라 삶의 의미도 배운다. 도쿠에 할머니의 따뜻하고 사려 깊은 마음은 뭉근하게 끓여 낸 팥소에 배어 있었고, 그 팥소가 가득 담긴 도리야키는 그 빵을 먹는 사람을 통해 비로소 의미가 더해졌다.

팥의 사정에 귀 기울이며 설탕과 조우하여 만들어 내는 완벽한 맛의 팥소. 그 팥소가 담긴 빵을 직접 먹어 보지 못했지만, 먹는 이에게 행복을 주는 맛이었을 거라는 짐작을 할 수 있다. 할머니가 센타로에게 마지막으로 남긴 테이프에는 특별한 무엇이 되지 못해도 우린 살아갈 의미가 있다는 메시지가 남아 있다. 그 말이 줄곧 나의 귓가에서 떠나지 않는다.

뭉개진 팥소 안에 담긴 팥들의 이야기를 들어 주는 할머니처럼, 더없이 나긋한 여유를 가지기 위해 애쓰고 싶다. 나라는 사람은 어떠한 의미를 갖고 살아갈 수 있을까? 특별한 사람은 아니더라도 무언가를 의미 있게 해 나가고 싶다. 답지 않게 진지한 생각을 하며 접시에 놓인 단팥빵을 한입 먹었다.

어느 날 아침, 갑자기 번뜩이는 아이디어나 어떠한 깨달음으로 삶이 한순간에 바뀔 리 없다. 무수히 흘러가는 시간 속에서 뭉근한 팥소를 끓이듯, 천천히 그러나 꾸준하게 삶의 의미와 이유를 질문하고 터득해 나가야 한다. 그 여정에서 자신에게 제일 무례한 행위는 괴로운 일을 괴로운 것으로 놓아 두는 일. 삶의 괴로움을 팥소를 만들고 빵을 구우며 해소하였던 할머니나 자신만의 도리야키를 만들게 된 센타로처럼 나 또한 의미를 찾아 나가는 여정에 있다. 물론 이유를 찾으려는 게 여정의 목적이 될 필요는 없다. 지금, 여기 이곳에 살아 있는 존재는 모두 그 자체로 의미 있고 귀중하니까. 그

귀중함을 알기에 내가 할 수 있는 선에서 자신을 좀 더 나은 방향으로 이끌기 위한 정성이 한 스푼 필요할 뿐이다.

팥을 깨끗이 씻고, 삶는 과정을 반복한 뒤 설탕에 재우는 정성이란 내게 있어서 무언가를 쓰고 그리는 일이 될 것이다. 쓰는 일은 나의 괴로움을 조우할 수 있는 통로가 되며 세상을 보는 하나의 관점을 바련하는 일이다. 의미를 찾기 위해 애쓰기보다 무언가를 해 나가는 중에 있는 나는 꽤 괜찮은 존재라고 다독였다. 경직된 마음엔 이런 따뜻한 말을 건네는 게 작은 구원이 된다.

평소에 무슨 빵을 제일 좋아하냐는 난해한 질문을 많이 받는다. 엄마가 좋아, 아빠가 좋아라는 물음처럼 무엇 하나로 딱 짚어 선택하기 어렵다. 그 질문에 대한 가장 나다운 대답이란 그때그때 다르다라는 말이다. 시기마다 먹고 싶은 빵이 다르기 마련이다. 꼭 뭐 하나만 콕 집어서 좋아할 필요는 없다. 제철과일 먹듯 때마다 제일 맛있는 빵을 먹으면 된다.

어떤 때는 작고 고급스러운 무스 케이크가 먹고 싶다가도, 또 어떤 날은 앙금이 가득 든 단팥빵이 먹고 싶은 날도 있다. 매번 먹고 싶은 빵을 신중하게 골라 먹듯 한순간 한순간의 정성을 담고 의미를 찾으면 된다. 그 안에서 나의 존재를 발휘할 수 있는 무언가를 찾는 일들이 삶을 바꾼다.

앞으로도 난 먹고 싶은 빵을 먹고, 내가 하는 일에서 작지만 의미 있는 가치를 누리며 나만의 어조와 이야기들을 주재료로 부지런히 글을 쓰는 사람이 되고 싶다. 그 과정 중에 내가 사랑하는 빵을 주제로 글을 쓸 수 있었던 건 행운이라고 생각한다. 잘 구워진 나의 책이 매대에서 맛있는 향을 풍기며 놓여질 수 있도록 애써주신 출판사에 감사를 전한다. 끝으로 이 글을 읽는 독자분들께도 감사의 말씀을 드리고 싶다. 나의 책이 일상에 찌들어있던 마음의 피로를 풀고 활력을 건네는 꽤 괜찮은 디저트 한조각으로 기억된다면 바랄 게 없겠다.

단팥빵이 먹고 싶은 날이 있다가도,

신선한 샌드위치가 먹고 싶은 날도 있는 법.

매일 맞이하는 하루는 어떤 빵을 먹을까에 대한 고민의 연속이다.

날마다 먹고 싶은 빵들이 즐비한 건 행복한 일.

빵순이의 빵집지도

솔 브레드

해그맘의 정원

무세미

토다

소금집

길녹

헤르만의 정원

달지 않아 좋은
밀크티와 바삭한 영국식 스콘

정원 밀크티 & 정원 스콘 세트

10분후

맛있잖아?
용서되는 맛이야.

왜 아직도
주문한 스콘이
안 나오는 거지?

<스콘 먹는 법>
1. 스콘을 반으로 가른다.
2. 딸기잼과 클로티드 크림을 골고루 바른다.
3. 반으로 가른 스콘을 겹쳐서 맛있게 먹는다.

주문한 메뉴가
늦게 나와서 미안하다고
사장님이 주신 차.
맛있었다!

땡스오트

원목으로 만들어진 작은 가게는
동화 속 집처럼 아기자기합니다.

반려견 동반이
가능해서
귀여운 강아지 손님을
종종 만날 수 있어요.

BEST MENU

상큼한 레몬 탄산수

두툼한 토핑이 매력적인
햄치즈 베이글

쫀득한 베이글 식감과
어린잎 채소의 조화가 좋은 샌드위치!

자주 먹는 메뉴: 베리 오 쇼콜라 요거트,
베리 스트로베리 요거트

이곳에서 산 그래놀라를
아침 대용으로
요거트에 곁들여 먹는다.

카카오
그래놀라 추천!

그래놀라에
카카오가
통으로 씹혀
재미있는 맛!

뚝방길 홍차가게

예쁜 카페
좋아하는 사람

→ 민트색 건물이 동화 같은 느낌

빈티지한 소품으로 꾸며진
공간은 구경하는 재미가 있다.
차를 내어주시는
티팟 세트도 고급스럽다.

BEST MENU

· 오트밀 스콘
담백하고 묵직한 맛.

· 말차 캐러멜 파운드 케이크
녹차의 진한 맛과
달콤한 캐러멜이 조화로움.

· 단호박 스콘
단호박의 은은한 단맛이
매력적.

애프터눈 티세트는
미리 예약을 해야 한다.

차를 따라 마실 땐
근사한 기분이 든다.

카페이리부농

裡里富農

크림색 건물에
군더더기 없는 말끔한
디자인이 돋보인다.
내부는 1층과 2층으로
나뉘어져 있다.

쿠폰에 도장 10개를 모으면
4,500원 할인해 준다.

크로와상 샌드위치

녹차 라떼

커피잔이
빈티지 제품이라
예쁘다.

BEST MENU

카페 갈 때 꼭 챙기는 것들

녹차 초코 브라우니

음. 좋아.

책 한 권

그림 그릴
태블릿

TODAH 토다

우면동에 위치한 카페.
큰 창으로 숲속의 전경을
볼 수 있어서 고즈넉한 분위기.
나는 주로 창가 쪽을 선호한다.

베이글 먹으러 가는 길.
발걸음도 가볍다.

BEST MENU

크림치즈가 가득 들어
있어서 맛이 풍성하다

맛있는 조합을 추천한다면?

단호박 베이글 + 딸기 크림치즈
어니언 베이글 + 어니언 크림치즈

플랫마차의
진한 녹차맛이
좋다.

비싼 집!

책 읽으며
빵 먹는 여유

우면동에는 주택이 많아서 산책하기 좋다.

소울브레드

주문하시겠어요?

베이글이 맛있는 카페 토다와
비교적 가까운 거리에 위치해 있다.
아파트 상가 쪽에 있는 작은 가게.

선천적으로 밀가루를 소화하기 어려웠던
소울 브레드의 사장님은 나도 빵을 마음껏
먹고 싶다는 생각으로 사워도우 빵을
만들게 되셨다고 한다.

BEST MENU

주문 즉시 프레즐에
두꺼운 버터를
끼워 주신다.

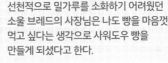

진지~

이곳의
프레즐은
최고야.

심각~

비좁은 가게는
늘 사람이 많다.

딸기 샌크치 한라봉 샌크치
샌크치의 종류가 다양하다.

단호박
찰콩 치즈빵

단면을 자르면
큐브처럼 큰 치즈가 보인다.

다양한 사워도우
(은은한 신맛과 씹으면
씹을수록 고소한 맛이 특징)

우물
우물

길빵이
최고다!

소울브레드의 빵은 구입 후 즉시 먹어야 맛있다.
욕심 내서 잔뜩 샀다가 다음 날 맛이 변해서
낭패를 보기도….

소울브레드 영수증

엘리먼트브루

에스프레소바

에스프레소 바 메뉴를
바에서 이용하면 할인해준다.

에스프레소 바에 서서
커피를 마시는 모습이
근사해 보여.

BEST MENU

까눌레, 에그타르트,
바나나 크림 갸또 쇼콜라 추천.
구움 과자류 모두 맛있다.

시즌별 메뉴

보늬밤 레어 치즈 케이크

딸기 레어 치즈 케이크

무화과 레어 치즈 케이크.
반으로 가르면 무화과가
통째로 들어있다.

신선하고 품질 좋은
원두를 사용해서
커피가 맛있음.

메뉴는 종이에
적어서 전달.

까눌레 그립톡도 판매한다.

파티세리 (ㅋ: 물랑드파리)

프랑스인 남편

잼은 서비스로 드릴게요.

아내를 따라 한국에 오다니 로맨틱한 남편분!

한국인 아내

이미 묵직하게 산 빵봉지

BEST MENU

적당한 단맛의 촉촉함

단호박 식빵

일반 우유 식빵보다 훨씬 풍미가 좋다.

까눌레는 중심 부분의 홈에 엄지로 힘을 줘서 반으로 나눠 먹는 게 제 맛이다.

크로와상 먹는 법

- 껍질부터 천천히 뜯어 먹는다. 가루를 떨어뜨리며 맛있게 먹는다.

맛있다! 맛있다!

우유 크로와상

뱅 오 쇼콜라

인생은 애매해도 빵은 맛있으니까

초판 1쇄 인쇄 2021년 12월 20일
초판 1쇄 발행 2021년 12월 27일

지은이 라비니야
펴낸이 이범상
펴낸곳 (주)비전비엔피 · 애플북스

기획편집 이경원 차재호 김승희 김연희 고연경 박성아 최유진 황서연 김태은 박승연
디자인 최원영 이상재 한우리 고유단
마케팅 이성호 최은석 전상미 백지혜
전자책 김성화 김희정 이병준
관리 이다정

주소 우)04034 서울시 마포구 잔다리로7길 12 (서교동)
전화 02)338-2411 | **팩스** 02)338-2413
홈페이지 www.visionbp.co.kr
인스타그램 www.instagram.com/visioncorea
포스트 post.naver.com/visioncorea
이메일 visioncorea@naver.com
원고투고 editor@visionbp.co.kr

등록번호 제313-2007-000012호

ISBN 979-11-90147-89-7 03810

도서에 대한 소식과 콘텐츠를
받아보고 싶으신가요?